BASTEI
LÜBBE

Ein Roman von Robert Tine
nach dem Drehbuch von Peter Dexter

NACH EIGENEN REGELN

MULHOLLAND FALLS

Ins Deutsche übertragen
von Cécile G. Lecaux

BASTEI LÜBBE

BASTEI-LÜBBE-TASCHENBUCH
Band 12648

Deutsche Erstveröffentlichung

Published by arrangement with Penguin Books Limited.

Originaltitel: Mulholland Falls

Printed in Germany, November 1996
Einbandgestaltung: CCG, Köln
Titelfoto: Intertainment, Filmverleih
Satz: Fotosatzstudio »Die Letter«, Hausen/Wied
Druck und Bindung: Elsnerdruck, Berlin
ISBN 3-404-12648-3

Der Preis dieses Bandes versteht sich
einschließlich der gesetzlichen Mehrwertsteuer.

Vorwort

Pastellgrün, offenes Verdeck – ein 51er Chevy, von einer schönen Frau zügig und sicher die schnurgerade Wüstenstraße entlanggesteuert: Allison Pond wußte, daß sie gut aussah. Sie war eine atemberaubende, verwegene Schönheit mit jadefarbenen Augen und einem perfekt geschwungenen Mund, das Rot ihrer Lippen ein verführerischer Kontrast zu der milchigen Weiße ihrer glatten Haut und ihrem rabenschwarzen Haar.

Sie hatte etwas an sich, das Gefahr ahnen ließ, einen leisen Hauch von Schwefel vielleicht oder den ein klein wenig verschlagenen Zug um die Lippen, wenn sie lächelte, ein Verlangen, das vielleicht ein wenig zu heiß brannte, oder eine Sehnsucht nach Freiheit, die ein klein wenig zu obsessiv war.

Allison hatte eine sanfte Stimme, in der die Kultiviertheit von Los Angeles mitschwang, aber darunter auch noch etwas anderes, ein in Samt gewickelter Feuersteinsplitter, die weiche Heiserkeit der Hinterwälder oder der Badlands – möglicherweise Oklahoma oder Texas. Es war die Art von Stimme, die einen Mann aufrichten, ihn wieder auf die Füße bringen und ihm das Gefühl von Größe vermitteln konnte – aber sie vermochte ihn auch fertigzumachen wie ein beinharter Hillbilly Marine Corps DI auf Parris Island.

Sie konnte die Art von Dingen tun, die den Männern

gefielen. Sie fuhr Auto wie ein Mann, konnte trinken wie ein Mann und verstand es, im Bett geheime Männerwünsche zu erfüllen.

Einen Arm auf das heiße Blech der Tür gestützt und die gepflegte rechte Hand lässig auf dem Lenkrad ruhend, steuerte Allison den Wagen mit Höchstgeschwindigkeit durch das Ödland. Patti Page sang im Radio »Detour«, aber der Chevrolet raste zielsicher durch die Wüste, die chrombewehrte Nase gen Las Vegas ausgerichtet. Der Ausdruck auf Allisons Gesicht deutete an, daß sie auf dem Weg zu ihrem Liebhaber war.

Das Kasino, das *Double Diamond*, befand sich auf einem naturbelassenen Wüstengelände am nördlichen Rand von Las Vegas. Es brachte nichts, sich in der Innenstadt anzusiedeln – es gab eigentlich gar keine Innenstadt, jedenfalls noch nicht, nur eine Verbreiterung der Straße und ein paar fliegenverseuchte Läden, die Waren anboten, die Fremde weder brauchten noch haben wollten. Die Kasinos wurden hier draußen gebaut, am Rand der neugegründeten Stadt, wo Hotels aus dem Boden schießen und Golfplätze entstehen und mit Mafiageldern bewässert werden würden.

1953 war Las Vegas noch eine junge Stadt, ein Ort mitten in der Wüste, wo jemand zwei Dutzend Kasinos und Bars errichtet hatte, mit zwei Tankstellen, zwei Hochzeitskapellen und einer Arbeiterschar, die in einer Wohnwagensiedlung hauste.

Glücksspiel gab es in Las Vegas seit den dreißiger Jahren, aber es war unorganisiert und fand weitestgehend in der Handvoll Spelunken und Bars statt, in denen manipulierte Einarmige Banditen dazu dienten, Provinzlern und Vertretern auf der Durchreise ein paar Fünf-Cent-Stücke aus der Tasche zu ziehen. Das Glücksspiel war nicht annähernd so einträglich, wie es hätte sein können – oder sollen.

Die ersten Hotels brachten überhaupt nichts ein.

Sicher, Raymond Smith kam ganz gut über die Runden mit dem *Harold's Club* oben in Reno, aber es war zu weit weg von Los Angeles, wo die Reichen wohnten – die Filmleute und Möchtegernfilmleute –, um richtig Kohle einzubringen. Las Vegas sollte die Goldgrube werden. Aber dies zu erreichen, bedurfte es einiger Zeit – und es bedurfte der Mafia.

Bugsy Siegel – seine Freunde nannten ihn Ben – war von eben den Freunden, die ihn Ben nannten, umgebracht worden, weil das Hotel, das er gebaut hatte, das *Flamingo*, viele seiner Freunde einen Haufen Geld gekostet und nur wenig eingebracht hatte.

Aber Anfang der fünfziger Jahre holten die Kasinos auf. Man war in Las Vegas dem Instinkt des ermordeten Bugsy Siegel gefolgt und hatte angefangen, mehr zu bieten als nur eine Möglichkeit, sein ganzes Geld zu verlieren. Die Spielhöllen engagierten Entertainer – größtenteils Sänger und Komiker, einige auch Magier oder gelegentlich eine Jazzband. Aber das hier war Nevada Anfang der Fünfziger – wie sollte es da eine gute Jazzband geben, wenn Schwarze keinen Zutritt hatten? Die Kasinos würden noch Jahre blütenweiß bleiben.

Allisons Wagen kam in der Kiesauffahrt vor dem Eingang des *Double Diamond* schlitternd zum Stehen. Ein Page in einem dieser »Paging Philip Morris« – Uniform öffnete die Wagentür und ließ den Blick über Allisons Kurven gleiten. Er konnte auch nicht anders als ihr nachzublicken, als sie die Auffahrt überquerte. Ihre roten Schuhe knirschten auf dem Kies und beim Gehen wiegte sie sich in den Hüften, als bewege sie sich zu einer Musik tief in ihrem Inneren, die nur sie allein hören konnte.

Sie ging durch die kühle Lobby und hinaus auf den Patio auf der Rückseite des Hotels. Dort draußen war eine Bar, eine weiträumige Terrasse, die durch eine riesige weiße Leinwandmarkise vor der grellen Sonne geschützt wurde.

Wenngleich es noch nicht einmal ganz drei Uhr am Nachmittag war, herrschte dort reger Betrieb. Ein Klavierspieler im weißen Anzug spielte auf einem weißen Stutzflügel, und die Gäste lachten und kamen sich verwegen vor, da sie sich an einem Dienstnachmittag vollaufen ließen, während der Rest der Welt bei der Arbeit war. Alle tranken, fast alle hatten eine Sonnenbrille auf, und – was jedoch keiner sich die Mühe machte zu bemerken –, jeder Stuhl in der Bar war nach Norden ausgerichtet. Es herrschte ausgelassene Feststimmung, eher als seien sie eine Gesellschaft auf einem Ozeandampfer denn ein Haufen Fremder, die sich in einer Kasino-Bar betranken.

Eine Cocktailbedienung brachte einem jungen Mann einen Wachmacher, eine Bloody Mary. Das Gesicht des Mannes wurde von einer schweren 16-Millimeter Bolex-Kamera verdeckt, die er sich vor das Auge hielt und herumschwenkte, bis er Allison im Sucher hatte. Als sie die Bar durchquerte – alle Blicke auf sich ziehend – zwinkerte sie in die Kamera und posierte ein wenig, legte den Kopf schräg und machte einen Schmollmund, gleichzeitig verführerisch und ein wenig spöttisch.

Wie um sie besser sehen zu können, legte der junge Mann die Kamera weg, griff, ohne sie aus den Augen zu lassen, nach seinem Drink und trank einen Schluck. Er war ein schlanker und beinahe zu hübscher junger Mann – der Typ, auf den Allison stand, wenn er das nötige Kleingeld besaß und sich überhaupt für Frauen interessierte.

Aber sie war ja ohnehin gekommen, sich mit ihm zu treffen. Sie küßten einander leicht auf die Wange.

»Jimmy ...«, murmelte sie.

»Hier sind wir also«, sagte Jimmy Fields. »Chuck und Bambi aus Reno. Und Chuck und Bambi sind in den Flitterwochen – okay, sehr nett, großartig.«

Allison nahm die Kamera vom Tisch und hielt seine säuerliche Miene fest, drückte mehrmals auf den Auslöser, bis Jimmy schließlich wider Willen lachen mußte. Sie legte die Kamera aus der Hand und stimmte ein.

»Bambi hat einen wirklich guten Geschmack ... Chuck ist richtig süß«, sagte Allison und ließ sich auf den Stuhl neben ihm sinken.

»Was du nicht sagst«, entgegnete Jimmy und winkte der Bedienung. »Gin Tonic für die Lady, bitte.«

Abrupt hörte der Klavierspieler auf zu spielen und löste das Mikrophon aus seiner Halterung.

»Also, Leute, es ist drei Uhr am ersten Juni. Die Außentemperatur in der City von Las Vegas beträgt vierzig Grad im Schatten, und der Wind weht mit einer Geschwindigkeit von vier Meilen pro Stunde aus Nordosten.«

Er schwieg einen Moment, bis der Widerhall seiner Stimme verklungen war. »Der Wetterfrosch sagt, daß die Wolken im Westen an der Stadt vorbeiziehen werden ... über den Spring of Youth Trailer Park. Ein besonderes Willkommen also euch Trailerbewohnern, die ihr mit dem Rest von uns in die Stadt gekommen seid, um euch die Show anzusehen ...«

Die Bedienung stellte einen eiskalten Gin Tonic vor Allison auf den Tisch.

»Die Show fängt in zwei Minuten an«, verkündete der Klavierspieler und warf einen Blick auf seine Armbanduhr. »In exakt zwei Minuten von jetzt an.«

Die wenigen Gäste, die bislang keine Brille getragen hatten, setzten sie jetzt auf, und alle blickten auf den nördlichen Horizont.

Jimmy Fields seufzte und zuckte die Achseln. »Mal ehrlich, wie oft kann man sich das ansehen?«

Allison Pond nippte an ihrem Drink und lächelte Fields neckend an.

»Mir gefällt es«, sagte sie, als würde das alles erklären.

»Okay«, meinte Jimmy. »Aber warum mußt du mich hierherschleifen?«

»Weil du mein Freund bist«, entgegnete sie.

Jimmy Fields lächelte verkniffen, und ihm war anzusehen, daß ihm diese Konsequenz seiner Freundschaft zu Allison mißfiel. Allison tätschelte seinen Handrücken.

»Mein allerbester Freund«, sagte sie, setzte ebenfalls ihre Sonnenbrille auf und blickte nach Norden. Die Gäste wurden unruhig, erwartungsvolle Spannung machte sich breit. Jimmy richtete den Sucher der Kamera auf den Horizont im Norden.

In diesem Augenblick erhellte ein gewaltiges, in seiner Lautlosigkeit unheimliches Licht den Himmel, ein Licht, das so hart und grell war wie ein millionenfach verstärktes Blitzlicht. Einige Sekunden herrschte Totenstille, dann drang ein Grollen über die Wüste wie das eines nahenden Gewitters. Das Dröhnen wurde immer lauter, steigerte sich zu ohrenbetäubendem Getöse. Dann fegte ein trockener heißer Wind über das Land, und der Luftzug drückte Allison die Bluse an den Körper, blies Servietten von den Tischen und ließ die Gläser klirren. Die Markise blähte sich wie ein gigantisches Segel.

Im Norden erhob sich langsam eine pilzförmige Wolke von der verdorrten Erde. Sie war riesig und furchterregend aber auch wunderschön gefärbt von der Sonne und dem aufgewirbelten Staub. Allison Pond konnte den Blick nicht von dem Schauspiel abwenden. Ihre Lippen waren leicht geöffnet und ihr Körper angespannt, als könnte sie die Kraft der Explosion in ihrem Inneren fühlen.

Kapitel 1

»›Doktor, Doktor‹«, sagte der Komiker. »›Es tut weh, wenn ich so gehe.‹ Sagt der Doktor: ›Dann gehen Sie nicht so.‹«

Die Gäste des Nachtclubs lachten oder stöhnten. Oder sie schenkten dem Komiker gar keine Beachtung, so wie Allison Pond.

Der Komiker tippte gegen das Mikro. »Hey, ist das Ding eingeschaltet?«

Der Raum war nur schwach erleuchtet, und die Wände mit rotem Plüsch gesäumt, aber sogar im dämmrigen Licht schien Allisons Schönheit zu strahlen. Die Lampe auf ihrem Tisch verströmte ein goldenes, warmes Licht, in dem ihre Augen schimmerten wie die einer Katze. Sie saß an einem Tisch in der Nähe der Bühne. Drei Männer waren bei ihr, und jeder andere Mann im Raum beneidete diese.

So wie es aussah, war der Glückspilz, den es am meisten zu beneiden galt, Jimmy Fields. Er und Allison saßen nebeneinander als wären sie ein Paar. Ihnen gegenüber saßen zwei Herren, die älter und distinguierter aussahen als der junge Jimmy.

Einer von ihnen trug die graue Ausgehuniform eines Colonel. Seine Miene drückte Mißbilligung aus.Der andere Mann, der älteste der drei und der Vorgesetzte des Colonel, trug wie Jimmy einen dunklen Anzug. Er konnte den Blick nicht von Allison lassen, und von Zeit zu Zeit berührte seine Hand ihren nackten Rücken.

»Ich sage euch«, ließ der Komiker sich verlauten. »Las Vegas ist eine harte Stadt. In den meisten Läden heißt das Garderobenfräulein Dominic.«

Colonel Fitzgerald saß steif und still da. Die Bühnenshow ignorierend, starrte er mit kaum verhohlener Verachtung auf Jimmy Fields. Allison entging dies das nicht, und es mißfiel ihr. Sie hob ihr Glas und prostete dem ältesten der drei Männer zu.

»Auf Sie, General Timms. Auf Ihren Job, Ihre Wüste. Auf Ihre wunderschönen Explosionen ...« Sie grinste Colonel Fitzgerald spöttisch an. »Sie sollten sich die Show nicht entgehen lassen, Colonel.«

»Ich habe wirklich kein Glück«, sagte der Komiker. »Ich habe einen Gebrauchtwagen gekauft, und dieses Kleid meiner Frau lag auf dem Rücksitz.«

Fitzgerald seufzte. »Ich habe die Show schon gesehen, Miss Pond«, sagte er müde. »Viele, viele Male ...«

Jimmy Fields fand das komisch – jedenfalls komischer als den Komiker. Er lachte herzlich.

»Colonel, bitte ...« ermahnte Timms ihn milde.

»Entschuldigen Sie, Sir«, sagte der Colonel. Bei sich dachte er: *Es gibt keinen größeren Esel als einen alten Esel, der gerade den Sex für sich entdeckt hat.*

»Ich steige in ein Taxi«, sagte der Komiker. »Ich sage dem Fahrer, er soll mich wo hinbringen, wo etwas los ist. Und er fährt mich zu mir nach Hause.«

Der Ober trat an ihren Tisch und flüsterte Fitzgerald etwas ins Ohr. Der Colonel wiederum flüsterte General Timms etwas zu. Beide Männer erhoben sich.

»Wenn Sie uns einen Augenblick entschuldigen würden«, sagte der General.

»Aber natürlich«, entgegnete Allison.

Jimmy und Allison blickten den beiden Männern nach. In dem Augenblick, da sie außer Sichtweite waren, seufzte Allison tief und schien sich zu entspannen.

»Glaubst du wirklich, daß er sich von seiner Frau scheiden läßt und dich heiratet?« fragte Jimmy.

»Du nicht?« entgegnete Allison.

»Hör mal, er ist der Vorsitzende der Atomic Energy Irgendwas.«

»Commission«, ergänzte Allison.

»Er ist General. Er muß mindestens fünfzig sein«, sagte Jimmy verächtlich. Ihm, der erst Anfang Zwanzig war, kam der vornehme General Timms so alt vor wie Eisenhower.

»Er ist achtundvierzig«, erwiderte Allison. »Das ist gar nicht so alt.« Sie musterte Jimmy scharf. »Aber darum geht es gar nicht, weißt du ...«

»Ach nein? Und worum geht es dann?« Jimmy beugte sich vor, ein zynisches Lächeln auf den Lippen, das nicht so recht zu seinen hübschen Zügen paßte.

»Vielleicht liebe ich ihn.«

»Erinnerst du dich, was passiert ist, als du dich in diesen anderen Typen verliebt hast?« Wenn es seine Absicht war, sie zu verletzen, hatte er damit Erfolg. Sie zuckte zusammen. Er hatte einen wunden Punkt getroffen. Jimmy packte ihr Handgelenk, aber Allison befreite sich hastig und schlug ihm dabei auf die Hand.

»Vergiß es«, sagte sie spitz. »So ist er nicht. Er ist gut zu mir.«

»Und du bist gut zu ihm ...«, fügte Fields hinzu.

Allison nickte. »Das stimmt, und Ich bin gut *für* ihn.«

Jimmy Fields legte eine Hand an die Stirn und tat, als würde er angestrengt nachdenken. »Hmmmmm, mir scheint, es gibt ein Wort dafür. Es fängt mit einem P an. Pro? Pros? Etwas in der Richtung ...«

»Glaubst du das wirklich?«

»Ich glaube, daß es ihm gefällt, mit dir zu vögeln, Allison, aber Bumsen ist keine Basis. Das wissen wir doch beide, oder?«

Timms und Fitzgerald kehrten an den Tisch zurück, setzen sich jedoch nicht. Es war offensichtlich, daß Fitzgerald gar nicht erst versuchte, seine Verachtung für Jimmy und Allison zu verbergen. Beide Männer sahen gleich, daß am Tisch gestritten worden war.

»Alles in Ordnung?« fragte Timms.

»Alles bestens«, entgegnete Allison. »Wollen Sie uns schon verlassen?«

Fitzgerald blickte zu Timms hinüber, als wäre Allisons Frage Bestätigung für etwas, das er dem General auseinandergesetzt hatte. Der General lächelte nur ob der Korrektheit seines Adjutanten.

»Leider. Wir müssen sofort zurück«, sagte Timms. »Unerwartet wurde ein Test für den frühen Morgen angesetzt.«

Allison erhob sich abrupt. »Ich begleite Sie«, sagte sie. »Das heißt, wenn Sie nichts dagegen haben ...«

»Ob ich Einwände habe?« entgegnete General Timms. »Nein, nicht im mindesten.«

Colonel Fitzgerald musterte die beiden, als hätten sie plötzlich den Verstand verloren. »Sir«, sagte er. »Unbefugten ist der Zutritt zum Testgelände untersagt. Die Bestimmungen sind in diesem Punkt sehr streng.«

Timms ignorierte den Colonel . Es war, als wäre er gar nicht vorhanden. »Da draußen ist nur Wüste, Allison«, sagte er. »Es gibt nicht viel zu sehen ...«

Sie lächelte sanft und sah ihm in die Augen. »Dann werde ich eben Sie ansehen«, sagte sie mit einem Achselzucken.

»Ich gehe zum Arzt, und der sagt mir, daß ich nur noch drei Monate zu leben habe«, schmetterte der Komiker. »Ich sage, daß ich noch eine zweite Meinung hören will, darauf er: ›Okay, Sie sind außerdem häßlich.‹«

Kapitel 2

Sechstausend Pfund Buick Roadmaster kamen vor *Frankie's Grill,* einem Restaurant am Sunset Boulevard, zum Stehen. Der Wagen war schwarz mit roten Polstern, und vorn und im Fond saßen insgesamt vier sehr große und kräftige Männer im Anzug und mit Hut. Zusammengerechnet fügten sie dem Gewicht des Wagens noch zwölfhundert Pfund hinzu. Ein Angestellter eilte herbei, um die Wagentür zu öffnen.

»Fahr den Wagen nicht weg«, befahl der Fahrer. »Laß ihn genau hier stehen.«

»Aber auf dem ganzen Sunset ist Parkverbot, Sir.«

»Zerbrich dir darüber mal nicht den Kopf«, knurrte der Mann.

Das hatte der Angestellte auch nicht vor. Die vier Männer, vor allem derjenige, der der Anführer zu sein schien, besaßen nicht nur eine massige, imposante Gestalt, sondern wirkten darüber hinaus bedrohlich.

Als die Männer sich auf die Doppeltür des Restaurants zubewegten, trennten sie sich – drei von ihnen traten ein, während der vierte die Seitenstraße hinunterging und nach einem Hintereingang suchte.

In der Tür stand ein Rausschmeißer, der ihnen mit über der Brust verschränkten Armen den Weg versperrte.

»Wer zum Teufel sind Sie?« fragte er.

»Ich bin Eddie Hall«, entgegnete einer der Männer. Ohne den Schritt zu verlangsamen, rammte er dem Gorilla den Handballen gegen die Stirn, so daß der Hinterkopf des Mannes gegen den Türrahmen knallte. Der Gangster fiel um wie ein gefällter Baum und blieb in seinem teuren Anzug auf dem Teppichboden liegen wie ein nasser Sack. Die anderen zwei Männer schenkten diesem ebenso plötzlichen wie brutalen Gewaltakt kaum Beachtung. Sie hatten Eddie Hall schon des öfteren in Aktion gesehen.

Frankie's Grill war ein einschlägiges Lokal, das von allerlei Hollywoodgrößen besucht wurde. Die meisten Männer waren von kräftiger Statur, aber geschmackvoll gekleidet – abgesehen von dem Schmuck, den einige von ihnen trugen –, die Frauen wohlgerundet, jung, teuer und ebenfalls mit einer Schwäche für kostbaren Schmuck behaftet. Ein leichter, prickelnder Hauch von Kriminalität und einer kräftigen Prise Sex schien in der Atmosphäre zu pulsieren.

Die drei Männer blickten starr geradeaus, den Maître de ignorierend, der herbeieilte, um sie aufzuhalten. Die Küchentür wurde aufgestoßen, und der vierte Mann des Teams betrat das Restaurant.

»Jemand hinten, Relyea?« fragte der Anführer.

»Einer. Ich habe mich um ihn gekümmert«, entgegnete Relyea. Er war der jüngste und attraktivste der vier Männer.

In der entferntesten Ecke des Raumes, am besten Tisch in einer Nische, saß eine Gruppe von Männern, die zu viel tranken und zu laut lachten. Sie waren ebenfalls sehr kräftig, und die Beulen unter ihren Jacketts zeugten nicht von Fett, sondern von kaltem Stahl.

Der lauteste von ihnen, Jack Flynn, war ein stämmiger-blonder Typ, der an jedem Finger einen Ring zu tragen schien. Er brüllte vor Lachen, als er eine durchweichte Zehn-Dollar-Note vom Tisch schälte und dem Mann, der neben ihm saß, an die Stirn klebte. Das Gelächter wurde lauter.

Der Mann mit dem Geldschein auf der Stirn hob sich von den anderen an seinem Tisch ab. Er war schmaler gebaut und sah besser aus mit den feingeschnittenen Zügen und dem Gebaren eines Filmstars – der er auch war. Er war es gewohnt, im Mittelpunkt zu stehen, aber inmitten der Schar gestander Männer war er nicht mehr als ein Hofnarr. Er pellte sich den Geldschein von der Stirn und reichte ihn einer Zigarettenverkäuferin, die ihn zusammenrollte und zwischen ihre Brüste schob.

Die Männer aus dem Buick betraten die Nische, allen voran der Fahrer, Maxwell Hoover. Hoover war in den Vierzigern, ging aber stramm auf die Fünfzig zu, ein alternder Löwe, der immer noch Entschlossenheit und einen ausgeprägten Hang zur Gewalttätigkeit an den Tag legen konnte, zumindest in einem solchen Umfeld. Er war ein Cop – sie waren alle Cops – und der anerkannte Anführer der Gruppe.

Hinter ihm folgte Eddie Hall. Er war etwa fünf Jahre jünger als Hoover. Er sah auf eine rohe Art gut aus. Hall war ein Frauenheld, sogar in einer Situation wie dieser – er hatte die Zigarettenverkäuferin bereits ausgemacht, zwinkerte ihr zu und wurde mit einem scheuen Lächeln belohnt.

Ellery Coolidge und Arthur Relyea folgten Hall Seite an Seite. Coolidge war größer als die anderen, aber seine Schlägervisage konnte seine freundliche Natur nicht verhehlen. Er war von Natur aus liebenswürdig, und wußte, daß er zu viel redete.

Die Männer um Ryan und den Filmstar herum hatten

die vier Männer inzwischen bemerkt, und das Gelächter war verstummt. Einer der Männer am Tisch erhob sich in »Ich erledige das«-Manier und griff nach der vernickelten Automatik unter seinem Kammgarnjackett. Als er die Waffe aus dem Halfter zog, war Relyea bei ihm. Ein fleischiger Vorarm schlang sich in einem Würgegriff um den Hals des Gangsters, während die Linke sich um die Hand mit der Waffe schloß.

Relyea überwältigte den Gorilla mühelos. Seine Hand drückte dessen Finger immer fester gegen das harte Metall der Pistole. Die Augen des Gangsters weiteten sich vor Schmerz, als seine Finger brachen wie Streichhölzer. Relyea ließ den Mann los, der sich krümmte vor Schmerz. Ein gezielter Kinnhaken setzte ihn endgültig außer Gefecht.

Jack Flynn hatte sich nicht gerührt, außer um sich eine Zigarette zwischen die Lippen zu stecken. Er lächelte um den Filter herum, als fände er die Szene amüsant.

Max Hoover beugte sich über den Tisch. »Jack Flynn?« Seine Stimme war kaum mehr als ein Flüstern.

Flynn schob eine Zwanzig-Dollar-Note auf Hoover zu. »Hier hast du, Kumpel«, sagte er. »Geh und amüsier dich.« Er lachte gezwungen und blickte beifallheischend in die Runde, aber diesmal lachten seine Kumpane nicht.

»Hey«, sagte Flynn. »Immer noch da?«

»Mein Name ist Maxwell Hoover«, sagte er Cop geduldig. »Los Angeles Police Department ...«

»Hey«, rief Flynn jovial aus. »Das heißt, daß ich auf den Zwanziger noch was rauskriege.«

Diesmal wagten es zwei seiner Kumpane zu lachen.

Aber Maxwell Hoover blieb ungerührt. »Ich bin hier, um Ihnen etwas auszurichten, Mr. Flynn.«

»Ach ja? Und was?«

»Ihre Anwesenheit wird in Chicago verlangt«, sagte Hoover ruhig. »Haben Sie verstanden?«

»In Chicago ist es kalt«, entgegnete Flynn lachend. »Darum bin ich hergezogen, wegen des schönen Wetters.«

»Sie sollten sich einen warmen Mantel kaufen«, sagte Hoover.

Flynn zuckte die Achseln und hob in einer ausdrucksvollen Geste die Hände. »Was soll das alles? Ich möchte in Ruhe essen.«

Der Filmstar meldete sich zu Wort. »Wird Mr. Flynn ein Verbrechen zur Last gelegt?« fragte er. »Hat er etwas Illegales getan?«

Hoover sah ihn an als wäre er ein Affe, der plötzlich angefangen hätte, Oxford Englisch zu sprechen. »Sind Sie Anwalt?«

Der Filmstar schüttelte den Kopf. »Nein. Aber ich werde von einem sehr guten Anwalt vertreten. Was wird Mr. Flynn vorgeworfen?«

»Es geht um verschiedene Vergehen in Chicago«, entgegnete Hoover.

»Das ist Schnee von gestern«, sagte Flynn. »Man konnte mir nichts nachweisen.« Flynn war jetzt zum erstenmal ernst.

Dann ging alles sehr schnell. Eddie Hall packte Flynn bei einem Aufschlag seines Jacketts und zog ihn auf die Füße. Der Kerl neben dem Filmstar griff nach seiner Waffe, aber Hall krallte die Finger der freien Hand dessen Haar und schmetterte dessen Kopf auf den Teller vor ihm, wobei das Gesicht des Mannes ebenso litt wie das Porzellan. Hall beließ die Hand auf dem Hinterkopf des Schlägers und drückte dessen Gesicht noch tiefer in das Essen.

Jetzt schien Flynn doch besorgt. Die anderen Gorillas waren angespannt und sprungbereit, aber ein Blick auf Relyea,

Hall und Coolidge hielt sie davon ab einzugreifen. Der Filmstar erhob sich, erkannte jedoch plötzlich, daß er selbst kein Schlägertyp war, daß die Härte, die er im Film ausstrahlte, nur Schau war, überzeugend dank des Make-ups und der Kameraeinstellungen. Dennoch, das hier war Hollywood, er war ein Filmstar und Hoover nur ein mieser kleiner Cop.

»Sie wissen nicht, wer ich bin?«

»Weiß hier jemand, wer der Kerl ist?« rief Hoover über die Schulter.

Coolidge musterte die feinen Züge des Filmstars eine Weile und wandte sich dann an Hoover. »War mal Schauspieler, oder? Lance ... Lance noch was.«

Das erinnerte Relyea entfernt an etwas. »Hey«, sagte der junge Mann. »Sie haben den Sergeant in ›Battle Cry‹ gespielt, richtig?«

Der Filmstar nickte. Es machte einen Filmstar immer ganz nervös, wenn er nicht gleich erkannt wurde.

»Ach ja«, sagte Hall. »Jetzt erinnere ich mich.« Er grinste. »Du solltest besser vorsichtig sein, Max. Lance Soundso hat einen Haufen harter Typen gespielt. Vielleicht hält er sich ja inzwischen sogar selbst für einen harten Kerl.«

Der Filmstar steckte sich eine Zigarre zwischen die Lippen und schmunzelte. »Das LAPD«, sagte er kopfschüttelnd. »Gott steh uns bei ...«

Betont langsam sagte Hoover: »Wenn ich Sie wäre, Lance, würde ich mich wieder hinsetzen.« Dann holte Hoover aus und schlug Lance die Zigarre aus dem Mund. Die Wucht des Schlages schleuderte den Schauspieler mit solcher Wucht zurück auf seinen Stuhl, daß dieser rückwärts umkippte.

Hoover zeigte auf Flynn. »Schafft ihn hier raus.«

Hall lachte und ließ den Mann los, dessen Gesicht er bis jetzt auf den Teller gedrückt hatte. »Bye«, sagte er.

Als sie mit Jack Flynn zur Tür gingen, schnappte Coolidge sich im Vorbeigehen einen Teller Fettucine mit Muschelsoße.

»Sieht gut aus«, sagte er. Coolidge hatte eine Schwäche für Kulinarisches jeder Art.

Kapitel 3

Der große Buick fuhr gemächlich durch die Hollywood Hills, folgte der gewundenen Straße durch die dunklen Baumgruppen. Grell durchschnitten die Scheinwerfer die Nacht. Das Verdeck war geschlossen, und die vier Cops saßen an ihren gewohnten Plätzen: Max Hoover am Steuer, Eddie Hall auf dem Beifahrersitz und Ellery Coolidge und Relyea im Fond.

Jack Flynn saß auf dem Rücksitz in der Mitte, eingezwängt zwischen den massigen Gestalten Relyeas und Coolidges. Von den um so vieles größeren Männern überragt, fühlte Flynn tief im Bauch einen brennenden Kern der Furcht. Im Wageninneren roch es durchdringend nach Knoblauch, ein Geruch, den der Teller Fettucine mit Muscheln verströmte, die Coolidge gerade zu Ende aß. Von dem Geruch des Essens, vermischt mit der säuerlichen Ausdünstung seiner eigenen Angst, wurde es Flynn ganz übel, und er hatte Mühe, den Brechreiz zu unterdrücken.

Eddie Hall drehte sich um, legte einen muskulösen Arm über die Lehne seines Sitzes und musterte Flynn neugierig, als betrachte er ein besonders seltenes Exponat in einem Naturkundemuseum.

»Wohin fahren wir?« fragte Flynn.

»Zum Flughafen«, entgegnete Hall. »Du fährst zum Flughafen, Jack. Du mußt so schnell wie möglich zurück nach Chicago.«

Flynn warf einen Blick aus dem Fenster. Er mochte neu sein in Los Angeles, aber er kannte sich aus. »Das ist nicht der Weg zum Flughafen«, sagte er. »Was habt ihr Typen mit mir vor?«

Hoover warf Flynn im Rückspiegel einen Blick zu. »Das ist nur eine Abkürzung, Jack«, sagte er. »Vergiß nicht, deinen Freunden davon zu erzählen.«

Eddie Hall klopfte Flynn beruhigend auf das Knie und blickte dann wieder nach vorn.

Flynn runzelte die Stirn. »Meinen Freunden ...? Was habt ihr vor? Was soll das alles?«

Der Buick war oben auf dem Berg angelangt, und die Stadt erstreckte sich unter ihnen, ein Lichterteppich , der von den Bergen bis zum dunklen Meer reichte. Sie waren jetzt auf dem Mulholland Drive und fuhren am Bergkamm entlang. Hoover verlangsamte das Tempo und fuhr an den Straßenrand. Die breiten Weißwandreifen knirschten auf dem Schotter. Er stellte den Motor ab, ließ jedoch die Lichter eingeschaltet, die die Dunkelheit über dem Abgrund durchschnitten wie Suchscheinwerfer.

Hall drehte sich wieder um. »Wir sind da«, sagte er.

Ellery Coolidge zeigte leises Interesse. »Wir sind da?«

Relyea nickte. »O ja, wir sind da.«

Flynn war jetzt speiübel. »Wo da?« wollte er wissen.

»Das, Jack«, sagte Eddie Hall, »ist der Mulholland Drive. Und das ...« Er zeigte auf den Abgrund. »Ist Mulholland Falls.«

Flynn schüttelte den Kopf wie ein Preisboxer nach einem Treffer, und seine Augen verengten sich. »Mulholland Falls?«

»Ja«, entgegnete Relyea. »Du weißt schon, wie in Niagara Falls.«

»Niagara Falls?« Flynn gab sein Bestes, zu lachen. »Es gibt in Los Angeles keinen Wasserfall.«

»Absolut richtig, Jack«, sagte Relyea. »Keinen *Wasser*fall.«

Flynn sah von Hall zu Relyea. Jetzt geriet er in Panik. Das war kein Einschüchterungsversuch, das war ernst. »Das ... das könnt ihr nicht tun«, stammelte er. »Wir sind hier in Amerika, um Himmels willen.«

Hoover öffnete die Wagentür. »Falsch. Das hier ist nicht Amerika, Jack. Das ist LA.«

Relyea und Coolidge zerrten Jack Flynn aus dem Wagen. Sie packten ihn rechts und links an den Armen und zogen ihn auf den Abgrund zu.

Jack ahnte, was als nächstes kommen würde. »Hey, hey, hey ... immer langsam«, rief er in Panik. »Ihr ...«

Wortlos stießen Relyea und Coolidge Jack Flynn in die Tiefe. Der Gangster prallte gegen die steile Felswand, überschlug sich und stürzte über Felsen und durch Sträucher und Bäume am Steilhang.

Die vier Cops blickten in die Dunkelheit hinab und hörten Flynn schreien und fluchen. Seine unzusammenhängenden Schreie wurden jedesmal abrupt unterbrochen, wenn er gegen ein hartes Hindernis prallte.

»Ich dachte, wir würden so was nicht mehr machen«, sagte Coolidge. Er warf den leeren Teller weg und rülpste leise.

Die anderen drei starrten ihn an. »Was? Was meinst du mit ›So was‹?« fragte Hall.

»Leute in einen Abgrund stoßen und so was«, entgegnete Coolidge.

»Komm schon, Ellery«, sagte Hoover. »Flynn war der letzte Abschaum und hatte eine kleine Abreibung verdient.«

»Ellery«, sagte Eddie Hall im Tonfall eines freundlichen älteren Onkels. »Dieser Therapiescheiß bringt dich nur durcheinander. Das macht dich viel zu empfindlich.«

»Viel zu empfindlich«, stimmte Hoover zu.

Coolidge zuckte die Achseln. »Ich weiß nicht ...« Sie wandten sich alle wieder dem Wagen zu. »Vielleicht habt ihr recht ...«

Am Fuß des Berges bog der Buick um eine Ecke, und im Licht der Scheinwerfer tauchte der geschundene Körper Jack Flynns auf, der am Straßenrand lag wie ein überfahrenes Stück Wild. Hoover brachte den Wagen zum Stehen, und die vier Männer scharten sich um Flynn. Der Gangster schlug die Augen auf und blinzelte im grellen Scheinwerferlicht.

»Jack?« sagte Hoover.

Flynn rührte sich kaum. Sein Gesicht war zerkratzt und voller Prellungen, Blut quoll aus zwei tiefen Schnittwunden, und seine Hände waren blutig und aufgeschürft, als trüge er zerfledderte Handschuhe. Von Jack Flynns teurem Anzug waren nur noch schmutzige Fetzen übrig.

»Vielleicht ist er hinüber«, meinte Eddie Hall sachlich. Ob Jack Flynn noch lebte oder nicht, interessierte ihn nicht sonderlich.

»Er ist nicht tot«, sagte Ellery Coolidge. »Siehst du das denn nicht, Eddie? Er schaut uns an.«

»Ich habe schon viele Leichen mit offenen Augen gesehen«, entgegnete Hall. »Das ist doch nichts Besonderes.«

»Bist du tot, Jack?« fragte Hoover freundlich.

Jack Flynn bewegte sich leicht, so als versuche er, aus tiefem Schlaf aufzuwachen. Er stöhnte und betastete vorsichtig eine Platzwunde an seiner Stirn. »O Gott ...«, jammerte er. »Was ist passiert ?«

»Du bist hingefallen«, sagte Relyea.

»Hey!« rief Eddie Hall, und es klang aufrichtig erfreut. »Jack lebt noch! Was sagt man dazu!«

Hoover hockte sich hin und sagte langsam und deutlich; »Kannst du mich hören, Jack? Du hast doch keine abgebrochenen Äste in den Ohren, oder? Das passiert manchmal bei einem solchen Sturz. Es kommt vor, daß sich etwas in den Ohren festsetzt.«

Jack Flynn stöhnte erneut.

»Ich schätze, das heißt, daß du mich hören kannst ...«

»Ja«, keuchte Flynn. »Ja, ich kann dich hören ...« Flynn gab sein Bestes, Hoovers Blick zu erwidern, aber er konnte nur verschwommen sehen, und die Bilder tanzten wie verrückt vor seinen Augen.

»Gut, Jack. Sehr gut«, sagte Hoover. »Und jetzt hör mir gut zu. Wir können Typen wie dich nicht leiden. Wir haben in LA keine organisierte Kriminalität. Und wir wollen in LA auch keine organisierte Kriminalität. Also denk auf dem Weg zurück nach Chicago immer daran. Mulholland Falls, Jack. Das ist der Name des Spiels.«

Einen Moment später raste der Buick davon, und ein Schotterregen, den die Reifen aufwirbelten, ging auf Jack Flynn nieder.

Kapitel 4

Der *Paradise Ballroom* war ein Speise- und Tanzclub in der Nähe des Sunset Boulevards, weniger auffällig als Jack Flynns einstiges Stammlokal und mit einer Klientel, die Max Hoover eher zusagte. Es war ein geschmackvoll plüschiger

Raum, elegant, aber gemütlich. Eine Band im Meyer-Davis-Stil spielte gedämpft Arrangements alter Hits aus dem vorherigen Jahrzehnt – »I Don't Care if the Sun Don't Shine«, »On a Slow Boat to China«, »For You, for Me, forevermore« – es war 1953, ein Jahr, bevor Elvis seine erste Platte aufnehmen würde, und Maxwell Hoover hatte nur vage von etwas gehört, das sich Rock and Roll nannte.

Einige Paare tanzten langsam zu »You're Breaking My Heart«, als Max Hoover das *Paradise* betrat, und an einigen Tischen saßen Gäste beim Essen. An der Bar saßen zwei Frauen. Die eine von ihnen, die attraktive Blondine mit den weichen Gesichtszügen, war Max' Frau Katherine.

Sie schien sich zu freuen, ihren Mann zu sehen. Hoover küßte sie zärtlich auf die Wange. Wenn er nicht im Dienst war, war Hoover ein weichherziger, beinahe sanfter Mensch. »Hey, Max«, sagte sie mit ihrer hellen, etwas atemlosen Stimme. »Du erinnerst dich an Lili?«

»Klar. Wie geht's, Lili?«

»Wir haben uns gerade über Ehemänner unterhalten«, sagte Katherine.

»Warum denn, Kay?« fragte Hoover. »Gibt es zu wenige davon?«

Katherine nickte. »Allerdings. Zumindest gute. Ich versuche, einen neuen für Lili zu finden. Wüßtest du jemanden, der in Frage käme?«

»Ich nämlich ganz bestimmt nicht«, sagte Lili mit verlegenem Lachen.

Hoover gab dem Barmann ein Zeichen. Er war hier bekannt und brauchte nur einen Finger zu heben, um den üblichen Drink zu bekommen.

»Also, ich kenne nur Cops und böse Jungs, Lili. Und ich weiß nicht, ob eins von beidem empfehlenswert ist ...« Er nippte an seinem Drink und überlegte eine Weile. »Wie wäre es mit Eddie Hall?« fragte er schließlich.

Katherine lachte fröhlich. »Eddie Hall.«

»Der Name gefällt mir«, sagte Lili. »Ist er nett?«

»Ist er«, entgegnete Hoover. »Zumindest für einen Cop.«

»Wie oft war Eddie verheiratet?« fragte Katherine. »Doch mindestens fünfmal.«

Hoover zuckte die Achseln. »Verstehst du jetzt, was ich meine?«

Lili war lange genug Single, um zu erkennen, wann aus dreien einer zu viel wurde. Sie leerte ihr Glas und verabschiedete sich, Katherines höfliche Aufforderung, doch noch zu bleiben, abschlagend.

Als sie gegangen war, trat Hoover dichter an seine Frau heran und legte ihr den Arm um die Taille. »Tut mir leid, daß ich mich verspätet habe, Kay. Es hat oben in den Bergen einen Unfall gegeben.«

»Ist schon gut«, entgegnete Katherine. »Du hattest noch nie feste Arbeitszeiten.« Max nippte an seinem Drink und war sich der Tatsache bewußt, daß seine Frau ihn musterte. Er fragte sich immer, was sie wohl denken mochte, ob sie die Gewalt und den Schmutz erkannte, die ganz selbstverständlich zu seinem Arbeitstag gehörten.

Die Band spielte »Harbor Lights«. Katherine lächelte ihn immer noch an. Sie sah strahlend aus und wiegte sich leicht im Rhythmus der Musik. Hoover lächelte zurück, und dann ging ihm plötzlich auf, was sie wollte.

»O nein, nicht, Kay ... Komm schon, Kay, du weißt doch, daß ich ein miserabler Tänzer bin. Ich habe Plattfüße.«

Aber Katherine war nicht gewillt, ihren Mann davonkommen zu lassen. Sie glitt von ihrem Barhocker und führte den äußerst widerstrebenden Max auf die Tanzfläche.

Sie brachte ihn in eine Wange-an-Wange-Position und begann ihn über die Tanzfläche zu dirigieren.

Katherine bewegte sich – was nicht überraschte – anmutig und leichtfüßig, Max langsamer und schwerfällig, aber sie war froh, daß es ihr überhaupt gelungen war, ihn zum Tanzen zu bringen. Er fühlte sich auf der Tanzfläche immer unsicher, als würden alle nur ihn ansehen und ihn hinter vorgehaltener Hand verspotten. Es dauerte immer eine Weile, bis er erkannte, daß ihm, sofern er nicht plötzlich Mazurka oder Fandango tanzte, niemand auch nur die geringste Beachtung schenkte. Und so entspannte er sich nach einiger Zeit und gestattete sich, dem Rhythmus der Musik zu folgen.

»Max?« flüsterte Katherine ihm ins Ohr.

Plötzlich beunruhigt, rückte Hoover ein paar Zentimeter von ihr ab, um ihr Gesicht besser sehen zu können.

»Ich liebe dich«, sagte Katherine.

Hoover lächelte und zog sie wieder fest an sich. Sie entspannte sich, glücklich und geborgen in seinen starken Armen.

Kapitel 5

Alle vier Cops saßen an einem Tisch und spielten Karten. Sie waren in Hemdsärmeln, die Waffen in ihren Halftern sichtbar, aber sie alle trugen ihre Filzhüte. Um sie herum das übliche Chaos eines Polizeireviers. Telefone klingelten, Cops, die spät dran waren, hasteten vorbei, und Inhaftierte in den U-Haft-Zellen weiter unten auf dem Flur rüttelten an ihren Käfigen und verlangten lauthals nach ihrem Anwalt.

Hoover und seine Männer waren immun gegen den Trubel. Es war, als würden sie eine Art Aura ausstrahlen, die verkündete, daß die Vorschriften für sie nicht galten. Sie gingen, wann sie wollten, wohin sie wollten, sie suchten sich ihre Fälle selbst aus. Ihre ... unorthodoxen Methoden waren einigen bekannt, aber ganz gleich wie kraß ihre Verstöße gegen die Regeln auch waren, es gab nie eine offizielle Rüge, nicht einmal ein dezentes Auf-die-Finger-klopfen und auch keinen Eintrag in ihre Akten. An ihrem Kartentisch – und in ihrem Berufsleben – war es still wie im Auge eines Orkans.

Drei von ihnen studierten ihre Karten, während Coolidge sein Blatt auf den Tisch legte und sich daran machte, vorsichtig den Salat in sein Thunfischsandwich zu stopfen. Er ging überaus penibel vor, was Eddie Hall ganz nervös machte, der abwechselnd auf seine Karten und auf das Sandwich blickte.

»Seht euch den an«, grummelte Hall. »Er zupft seinen Salat militärisch genau zurecht.«

»Als würde gleich ein ordnungsfanatischer Sergeant auftauchen und testen, ob ein Vierteldollar von seinem Sandwich abprallt«, meinte Relyea. »Ihr wißt schon, wie in der Army.«

Coolidge blickte nicht einmal auf. »Halt die Klappe«, sagte er nur.

»Ich kritisiere ja gar nicht die Funktionsweise des menschlichen Verstandes, verstehst du«, fuhr Hall fort. »Aber sag mir eins, Ellery – wie kannst du dir einen Hamburger kaufen und Thunfisch draufpacken?«

»Ganz einfach«, entgegnete Coolidge. »Das ist meine Version von *surf and turf*. Der Burger ist der *turf*, der Fisch der *surf*. Soll ich das noch genauer erläutern, Eddie, oder hast du's schon beim erstenmal begriffen?«

»Ellery?« sagte Hall, »ich sage das als dein Freund ... Du brauchst Hilfe.«

»Die bekomme ich schon«, entgegnete Coolidge. »Laß mich in Ruhe.«

Ein kräftiger Detective, älter als Hoovers Männer, kam mit einer Handvoll telefonisch übermittelter Nachrichten für die vier Detectives an den Tisch.

»Hey, Earl«, sagte Hoover, von seinem Blatt aufblickend.

Earl betrachtete einen Augenblick Ellery Coolidges hochaufgetürmtes Sandwich. »Weißt du, meine Tante Mabel hat ihr Steak immer mit Butter bestrichen und mit Tomatenscheiben und einem Stück Ananas belegt. Das gleiche Prinzip ...«

»Versteh' ich nicht«, sagte Relyea.

»Ich auch nicht«, sagte Hall.

»Meine Tante Mabel meinte, daß sie dadurch alle vier Hauptnahrungsgruppen auf einmal zu sich nehme. Getreide, Obst, Fleisch und Milch.«

Relyea machte ein verwirrtes Gesicht. »Und wo ist da das Getreide.«

»Die Tomate«, entgegnete Earl. »Das ist das Getreide.«

»Tomaten sind kein Getreide«, widersprach Relyea.

»Sind sie wohl«, entgegnete Earl.

»Nein«, beharrte Relyea. »Getreide ... Gerste, das ist ein Getreide. Roggen ...«

»Roggen ist Alkohol«, sagte Earl. »Und Brot.«

»Jedenfalls sind Tomaten kein Getreide«, wiederholte Relyea.

»Du solltest auf ihn hören«, sagte Eddie Hall. »Er will eines Tages Anwalt werden. Wälzt du immer noch deine Bücher, Relyea?«

»In jeder freien Minute, Eddie«, erwiderte Relyea. »Immer wenn ich Zeit habe.« Was natürlich bedeutete, nicht sehr oft.

Earl fing an, die Blätter mit den Notizen zu verteilen. »Ich bleibe dabei, daß Tomaten Getreide sind«, brummelte der kräftige Cop.

»Weißt du, Relyea«, sagte Eddie. »Wenn du Anwalt wirst, läufst du im Grunde zum Feind über.«

»Und wenn ich Staatsanwalt werde?« fragte Relyea. »Bin ich dann nicht auf derselben Seite wie ihr? Nicht daß es mich kümmern würde ...«

»Wenn du Staatsanwalt wirst, heißt das nur, daß du blöd bist«, meinte Hall lapidar. »Ich meine, was hat es für einen Sinn, Rechtsverdreher zu werden, ohne damit Kohle zu machen? Für mich klingt das blöd. Max, klingt das für dich nicht auch blöd?«

Aber Max Hoover hörte nicht zu. Er hatte seine Karten auf den Tisch gelegt, um seinen Anteil der verteilten Blätter durchzusehen. Eine der Nachrichten hatte ihn innehalten lassen, und er starrte sie an wie eine Tarotkarte vom Tod. Auf dem Zettel standen nur vier Worte: *Allison Pond – bitte zurückrufen.*

»Max?« sagte Relyea. »Bist du noch unter uns?«

»Ja«, entgegnete Hoover. Er zerknüllte den Zettel hastig, wie ein Ehemann, der mit einem Liebesbrief seiner Geliebten erwischt worden ist, und warf ihn in den Aschenbecher, der auf dem Tisch stand. Er blickte zu Relyea hinüber, der ihn neugierig musterte, als spürte er, daß etwas nicht stimmte.

»Was ist mit dem Fall Abelson, Relyea?« fragte Hoover, schob seine Karten beiseite und schlug einen sachlichen Ton an. »Hast du schon was für mich?«

Relyea tippte auf ein Ringbuch. »Wir haben nur die Tochter«, entgegnete er, seine Notizen überfliegend. »Und die Lebensversicherung. Aber der Anwalt hat der Kleinen geraten, nicht mit uns zu sprechen ...« Relyea zuckte die Achseln. »Mehr haben wir bis jetzt nicht.«

»Sie sollte mit uns reden«, meinte Eddie Hall. »Tut sie es nicht, kommen wir in der Sache nicht weiter.«

»Nein, darum geht es nicht«, sagte Coolidge nachdenklich. »Der Anwalt hat sie falsch beraten. Sie muß mit uns reden. Sie muß es loswerden, um damit fertigwerden zu können.«

Eddie Hall verzog angewidert das Gesicht. »Hast du diese Weisheit von deinem Psychiater, Ellery?«

Coolidge nickte. »Exakt«, sagte er nachdrücklich. »Beichten sind wichtiger als du glaubst, Eddie.«

»Als ob ich das nicht wüßte. Wie sollte man je eine Verurteilung erreichen ohne Geständnis?«

»Du weißt, was ich meine«, sagte Coolidge.

»Reden war für dich ja noch nie ein Problem, was?« sagte Eddie.

Coolidge antwortete nicht darauf. Er betrachtete sein monumentales Sandwich und biß dann herzhaft hinein.

»Ich sagte, Reden ist für dich kein Problem, richtig, Ellery?«

Hoover warf Hall einen scharfen Blick zu. »Eddie«, sagte er ruhig. »Es reicht.«

»Tut mir leid«, brummte Hall. Hoovers Wort war Gesetz.

Hoovers Blick fiel wieder auf den Aschenbecher und den zerknüllten Zettel. Allison Pond war eine Figur aus seiner Vergangenheit, einer schmerzhaften Vergangenheit, die er gehofft hatte, für immer ad acta gelegt zu haben.

Er war tief in Gedanken, als das Telefon klingelte. Earl mußte ihn zweimal rufen, ehe er reagierte.

»Max«, sagte Earl. »Eine Leiche im Valley.« Der erste Freeway in Los Angeles, der Arroyo Seco Parkway, wurde 1940 freigegeben, und außer in den Kriegsjahren hatte Los Angeles ständig sein Straßennetz erweitert. Die Schleifen aus Beton und Asphalt reichten immer weiter und weiter ins Hinterland von Los Angeles hinein, bis zu den Obstplantagen der stillen Dörfer Dutzende Meilen von der Innenstadt entfernt.

Aber das war noch nicht alles. Am Ende dieser Highways wurde weiter gebaut, Wohnhäuser wurden errichtet, finanziert von Männern, die offenbar in die Zukunft sehen konnten.

Jenseits der Berge war die Bevölkerungsdichte eher bescheiden, aber es wurde trotzdem weitergebaut, breite Straßen für eine Phantom-Bevölkerung, und Fundamente für Häuser, für die es noch keine Käufer gab. Und vom Ende eines dieser noch im Bau befindlichen Highways kam der Anruf.

Der Buick wirbelte eine Staubwolke auf, als er über die aufgerissene Erde auf der Baustelle fuhr und Hoover ihn um riesige Baumaschinen herumsteuerte. Von den Gerätschaften, kolossalen Bulldozern und Kipplastern, Planierraupen und Bohrer, waren viele in Betrieb; ihre Motoren ratterten, aber es war weit und breit keine Menschenseele zu sehen, als hätten die Maschinen ein Eigenleben entwickelt und beschlossen, die gewaltige Aufgabe allein zu bewältigen.

Die Leute hatten sich am Ende der Trasse versammelt. Die Arbeiter standen in Gruppen beisammen und unterhielten sich in jenem gedämpften Tonfall, den Menschen immer anschlagen, wenn sie vom Tod reden.

Ein knolliger, schwarzweißer 52er Studebaker Police Special stand an der Spitze der Baumaschinenreihe wie der Großmarschall einer Parade, die Lampen auf dem Dach blinkten immer noch abwechselnd blau, weiß und rot.

Zwei Cops und ein Mann in einem Overall kamen auf Hoover und seine Männer zu. Die Cops machten sich ein bißchen wichtig, wie es typisch war für Cops, die als erste am Tatort waren, und der Typ im Jeansoverall machte sich wichtig, wie es typisch ist bei jemandem, der eine Leiche entdeckt hat.

»Sind Sie der Vorarbeiter?« fragte Hall den Mann.

»Ja.«

»Was ist das hier für ein Ort?« fragte Eddie.

»Eine neue Siedlung. Wir bauen Häuser.«

»Für wen?« fragte Coolidge.

Der Vorarbeiter zuckte die Achseln. »Keine Ahnung.«

Coolidge wandte sich Relyea zu. »Hast du dich schon mal gefragt, was das für Leute sind, die hier draußen wohnen sollen?«

»Nein«, entgegnete Relyea. »Da habe ich noch nie drüber nachgedacht.«

»Niemand wird je im Valley wohnen«, verkündete Coolidge.

»Also gut, Jungs«, sagte Max Hoover an die uniformierten Beamten gewandt. »Wir übernehmen jetzt. Keine Photos, okay?«

Bei der Leiche handelte es sich um eine Frau, die mit dem Gesicht nach unten in der weichen Erde lag. Die vier Cops blickten neugierig auf die Tote hinab. Es gab keine Anzeichen einer Verletzung – kein Blut, keine sichtbare Wunde –, aber sie war in der Erde eingebettet, als wäre sie von einer riesigen Hand hineingedrückt worden.

»Also so was habe ich noch nie gesehen«, sagte Eddie Hall sichtlich verblüfft. »Was ist mit dir, Max?«

»Das ist auch mir neu«, entgegnete Max, den Blick auf die tote Frau gerichtet.

»Vielleicht erfahren wir ja von denen Genaueres«, sagte Relyea und zeigte über die Schulter mit abgespreiztem Daumen auf einen Wagen, der die Straße heraufholperte.

»Bobby und Milt«, sagte Coolidge. »Meine zwei Lieblingscoroner.«

Der Wagen blieb ganz in ihrer Nähe stehen, und zwei Coroner der LA County Leichenhalle stiegen aus. Max' Erfahrung nach waren Coroner sogar noch abgestumpfter und hatten einen noch kränkeren Humor als Cops. »Hey, Leute«, sagte Bobby, der jüngere der beiden Coroner. »Schöner Tag für einen Ausflug aufs Land, was?«

»Phantastisch«, entgegnete Coolidge.

Die beiden Coroner betrachteten die Leiche kritisch und mit Kennerblick, wie Kunstexperten, die ein Gemälde eines Altmeisters auf seine Echtheit prüften. Sie hatten schon so ziemlich alles gesehen, was der Tod mit sich brachte – verglichen mit den Coronern von LA waren die LA Cops nur gut informierte Amateure –, aber das hier war auch für sie ein Novum.

»Wie ist sie so tief in die Erde gekommen?« fragte Bobby sich laut. Er und sein Partner knieten sich neben die Leiche und begannen, mit den Händen entlang der Toten in der weichen Erde zu graben.

»Was ist passiert?« fragte Hoover.

»Sie ist tot«, entgegnete Bobby.

»Großartig«, bemerkte Ellery Coolidge. »Dann war's das. Fall abgeschlossen.«

»Der Boden ist wahnsinnig weich«, sagte Bobby, der immer noch um die Tote herum mit den Händen in der Erde buddelte.

Eddie Hall wandte sich dem Vorarbeiter zu. »Sie sind hier verantwortlich?«

Der Vorarbeiter nickte. »Für den Baustellenabschnitt ja.«

»Haben Sie hier eine Maschine, mit der man ein Mädchen auf diese Weise in den Boden pressen könnte?« fragte Hall. »Sie wissen schon, eine Dampfwalze oder so was.«

»Wir haben hier keine Dampfwalzen, noch nicht.« Der Vorarbeiter kratzte sich am Kopf. »Mit einer Planierraupe wäre es vermutlich machbar gewesen, aber dabei wäre sie ganz schön zugerichtet worden. Ich meine, sie wäre ziemlich zermatscht, wenn man sie mit einer Planierraupe überfahren hätte.«

»Und überhaupt«, sagte Relyea. »Wie schnell fährt so ein Ding schon? Ich meine, niemand steht einfach da und wartet darauf, von einer Dampfwalze überrollt zu werden. Das gibt es nur im Zeichentrickfilm.«

»Vielleicht war sie nicht bei Bewußtsein. Man hätte sie betäuben und dann überrollen können«, sagte Hall.

»Und wozu die Umstände?« fragte Max.

»Du weißt so gut wie ich, daß Menschen zu den seltsamsten Dingen fähig sind«, entgegnete Eddie Hall.

»Haben Sie sie so gefunden?« fragte Max den Vorarbeiter.

Der Vorarbeiter musterte ihn einen Augenblick und registrierte seinen eleganten Anzug. Dann nickte er.

»Ja, Sir. Genau so. Wir haben sie nicht bewegt oder auch nur angerührt.« Der Vorarbeiter blickte auf die Tote herab. »Wir haben sie genau so gefunden.«

»Okay«, sagte Hoover. »Gehen Sie da rüber. Die Officer werden Ihre Aussage zu Protokoll nehmen.«

Bobby wühlte immer noch in der Erde und unter der Leiche und tastete Ellbogen, Arme und Brustkorb ab.

»Jesus ...«, sagte Bobby, als er schließlich aufblickte. »Milt? Da ist kein Widerstand. Es ist, als wäre jeder einzelne Knochen in ihrem Körper gebrochen.«

»Dreht sie um«, befahl Hoover. »Laßt mal sehen, wie sie aussieht.«

»Okay«, entgegnete Bobby. »Aber sie wird schon mal besser ausgesehen haben.«

»Sehr komisch.«

Die beiden Coroner beugten sich über die Tote und hoben vorsichtig die Arme an, die sich an einem halben Dutzend Stellen durchbogen, an denen sie sich nicht hätten durchbiegen dürfen. Der ältere Coroner, Milt, ließ den Arm los, und er fiel schlaff herunter wie ein toter Fisch. Bobby schob die Hände unter den Leichnam und drehte ihn auf den Rücken.

Das Gesicht war zu einer lächelnden Fratze gepreßt worden, aber die ehemals schönen Züge Allison Ponds waren dennoch zu erkennen.

Hoover wandte den Blick ab und versuchte, die aufsteigenden Emotionen zu unterdrücken. Er starrte über Meilen eines Geländes hinweg, das eines Tages ein Vorort von LA werden sollte.

»Max, alles in Ordnung?« fragte Coolidge.

Hoover schluckte hart und nickte. »Ja«, entgegnete er, bemüht, sich seine Betroffenheit nicht anmerken zu lassen. »Kommt, gehen wir.«

Es dauerte ein paar Stunden, bis der Leichenwagen des Los Angeles County Coroners den Tatort erreicht und die Leiche geborgen hatte, so daß es bereits spät am Nachmittag war, als Hoover und Relyea zur Autopsie von Allison Pond in die Leichenhalle gerufen wurden.

Der Obduktionsraum der Leichenhalle war groß und feuchtkalt, mit fahrbaren Tragen vollgestellt, auf denen Leichen lagen, den Kopf in Richtung Wand und die Füße – mit dem Etikett am großen Zeh – zur Raummitte hin. Über jeder Leiche war mit Kreide eine Nummer an die Wand gemalt, die der Nummer auf dem Etikett entsprach. Einige der Leichen waren wie Mumien fest in weiße Laken gewickelt, andere nur lose mit weißen Tüchern bedeckt und wieder andere steckten noch in den roten Bergungshüllen.

Hoover, Relyea, Milt und Bobby waren über Allison Ponds zerschundenen nackten Körper gebeugt. Ihre Haut war fleckig und verfärbt, ihr ehemals makelloses Gesicht entstellt und in sich zusammengefallen, weil die Schädelknochen gesplittert und zermalmt waren. Das dunkle Haar war ihr aus der Stirn gekämmt worden.

Hoover berührte eine ihrer Fingerspitzen – sie waren schwarz von der Tinte des Erkennungsdienstes. Er hob den Finger an und ließ ihn wieder herabfallen. Jeder Knochen in ihren Fingern war gebrochen.

»Todesursache?« fragte Hoover.

Milt schüttelte langsam den Kopf. »Das ist ein kniffliger Fall, Max. Es ist, als wäre sie von einer Klippe gesprungen.«

Hoover schüttelte den Kopf. »Nein, das kann nicht sein. Da draußen gibt es keine Klippen. Oder wurde sie vielleicht transportiert?«

»Nein«, entgegnete Milt. »Sie ist da gestorben, wo man sie gefunden hat. Das gehört zu dem Wenigen, das ich mit Bestimmtheit sagen kann.«

»Wie hieß noch gleich dieser Kerl, Max?« fragte Relyea. »Du weißt schon ... Der, der Leute zusammengeschlagen hat, bis ihre Knochen brachen. Er nannte sie Pfannkuchen ... Wie war noch gleich sein Name?«

»Ja«, entgegnete Max. »Ich weiß, wen du meinst. Walter. Walter Torre. Er sitzt aber noch, oder?«

»Auch wenn er draußen wäre, wäre er es nicht gewesen«, mischte sich Milt ein. »Es gibt keine Spuren von Schlägen.«

»Dann sind wir wieder bei der Dampfwalze«, sagte Max. »Bei einer schweren Straßenbaumaschine.«

Der ältere Coroner zuckte die Achseln. »Ich weiß nicht, was ich dir in dieser Sache sagen soll, Max, tut mir leid ...«

Bobby untersuchte Allison Ponds Handgelenk. »Hey, Milt, sieh dir das an. Ein Suizidversuch.« An beiden Handgelenken waren gezackte Narben. Bobby betrachtete sie durch ein Vergrößerungsglas. »Ziemlich stümperhaft«, sagte er.

Milt warf einen flüchtigen Blick auf die Narben. »Nicht

ganz neu«, sagte er, »aber auch noch nicht alt. Diese junge Lady war offenbar irgendwann im vergangenen Jahr sehr unglücklich.«

Hoover starrte auf das vernarbte Gewebe. Die Narben an den schlanken Handgelenken waren noch nicht dagewesen, als er sie kennengelernt hatte.

»Hey, Milt«, sagte Relyea. »Hast du das hier schon gesehen?« Er hockte am Fußende der Trage und betrachtete Allison Ponds nackte Füße.

»Was denn?« fragte Milt.

»Ich glaube, es ist Glas oder so was«, entgegnete Relyea, der die Ferse eingehend studierte. »Steckt in ihrem Fuß.«

»Laß mal sehen.« Milt trat vor den Fuß und betrachtete die Ferse durch ein Vergrößerungsglas. Dann stocherte er mit einer spitzen Pinzette in der Haut und zog einen Splitter aus dem Fleisch. Milt hielt die Pinzette ins Licht.

»Was ist das?« fragte Relyea.

»Du hattest recht«, entgegnete Milt. »Sieht aus wie Glas«. Jack Flynn und die anderen Kriminellen, denen ein Sturz die Mulholland Falls hinunter zuteil geworden war, hätten Maxwell Hoover zu Hause nicht wiedererkannt. Ebensowenig viele Cops, die ihn kannten.

Jeden Abend nach dem Essen half der harte Max Hoover seiner Frau beim Abwasch. Oder besser, sie half ihm – er spülte, und sie trocknete ab. Das war jeden Tag der Augenblick, da sie kleine Einzelheiten ihres Tages austauschten, die Art von Banalitäten, die nur den eigenen Ehegatten interessierten.

Aber an diesem Abend sprachen sie kaum ein Wort. Hoover arbeitete schweigend. Methodisch, aber in Gedanken bei Allison Pond. Er wusch das restliche Geschirr, spülte es unter klarem Wasser ab und stellte es in das Abtropfgitter neben dem Spülbecken. Als Katherine mit dem Abtrocknen begann, griff Hoover nach den bereits sauberen Tellern und tauchte sie erneut ins Spülwasser.

»Max?«

Er sah sie an, schien sie jedoch erst wahrzunehmen, als er den langen Weg zurück in die Gegenwart gefunden hatte. »Ja?«

»Wie oft willst du die Teller noch spülen?« fragte Katherine, leicht belustigt von der Geistesabwesenheit ihres Mannes.

Im ersten Moment verstand Hoover nicht, was sie meinte. Dann erst ging ihm auf, was er getan hatte, und er lächelte.

»Nur dieses eine Mal noch«, sagte er. »Kam mir schon vor als wären es heute mehr als sonst. Ich schätze, ich brauche ein Hobby.«

Aber er war auch den Rest des Abends, bis es Zeit war, schlafen zu gehen, ganz in Gedanken versunken. Hoover lag im Bett, während Katherine das übliche abendliche Ritual vollzog, sich die Zähne putzte und das Haar bürstete. Dann setzte sie sich im Nachthemd an die Frisierkommode und griff nach einer Flasche Handlotion. Während sie den Verschluß aufschraubte, beobachtete sie ihren Mann im Spiegel. Er war ungewöhnlich still, und sie hatte das Gefühl, daß er nur körperlich anwesend war. Gedanklich war er anderswo, weit weg.

»Kannst du mir davon erzählen?« fragte sie ruhig.

Hoover schüttelte den Kopf. »Nein, Kay. Es ist beruflich ...«

»Das dachte ich mir schon.«

Er betrachtete lange das Gesicht seiner Frau im Spiegel. »Komm her, Liebes«, sagte er schließlich.

Katherine lächelte, legte sich neben ihn ins Bett und küßte ihn zärtlich. Hoover schaltete das Licht aus, und Katherine zog sich das Nachthemd über den Kopf. Er umfaßte ihren weichen nackten Körper mit seinen harten Händen und zog sie unter der Bettdecke zu sich heran.

Kapitel 6

»Was soll das heißen, sie können keine Anklage erheben?« Eddie Hall mischte geschickt die Karten und teilte rasch aus. Coolidge stopfte sich einen Hot dog in den Mund und nahm sein Blatt vom Tisch auf.

»Sie können keine Anklage erheben«, fuhr Hall fort. »Was soll der Scheiß? Der Typ hat seine Eltern umgebracht. Seine Fingerabdrücke sind auf der Tatwaffe. Ich denke, das sollte für eine Anklageerhebung genügen. Himmel, das reicht sogar für eine Verurteilung.«

»Verschwende deinen Atem nicht darauf, Eddie«, sagte Relyea müde, während er seine Karten sortierte. »Sie werden es nicht tun ... Fall abgeschlossen.«

Coolidge schlang seinen Hot dog hinunter. »Was ist nur los mit diesem Land?« fragte er sich laut. »Ein Typ zerhackt seine Eltern mit einer Axt und kommt ungeschoren davon, anstatt in der Gaskammer zu landen. Wie kann die Staatsanwaltschaft sich in einem solchen Fall auf einen Handel einlassen?«

»Das ist mir auch zu hoch«, sagte Relyea.

»Da ist doch jemand geschmiert worden«, schloß Coolidge angewidert. Dann, wie um sich über die Ungerechtigkeit der Welt hinwegzutrösten, griff er in die Lunchbox zu seinen Füßen, holte einen zweiten Hot dog heraus und biß hinein.

»Wißt ihr«, sagte Eddie Hall, »ich habe den Bezirksstaatsanwalt schon gekannt, als Jack Draga ihn in der Tasche hatte. Er war damals schon korrupt, und er ist es heute noch.«

Er knallte zwei Karten auf den Tisch. »Zwei.«

»Himmel«, meinte Coolidge, »es ist noch viel schlimmer. Brenda Allen hat erzählt, daß er eine Schwäche für Frauenkleider hatte, als er regelmäßig in ihren Puff kam. Bei Brenda hat der Herr Bezirksstaatsanwalt sich mit Miss Sophie anreden lassen. Ist das zu fassen?«

»Dem traue ich alles zu«, sagte Eddie Hall, der in seiner Dienstzeit beim Los Angeles Police Department so ziemlich jede Form sexueller Perversion erlebt hatte, die Menschen an sich selbst, an Tieren, Pflanzen oder toten Gegenständen auslebten.

Relyea, der vergleichsweise ein Neuling war und sich noch einen letzten Rest von Unschuld bewahrt hatte, war schockiert. »Im Ernst? Frauenkleider? Wie um alles in der Welt hat er es dann bist zum Bezirksstaatsanwalt gebracht?«

»Zum Bezirksstaatsanwalt wird man gewählt, Arthur. Jeder Schweinehund kann gewählt werden, wenn er sich nur genug Stimmen beschafft. Ganz einfach.«

»Ja, schon, aber in Frauenkleidern?« fragte Relyea.

»Du kannst in dieser Stadt nicht Bezirksstaatsanwalt werden, wenn du nicht über die nötigen Beziehungen verfügst«, bemerkte Coolidge und schluckte den letzten Rest seines Hot dogs herunter. »Hat man euch das auf der Juraschule noch nicht beigebracht?«

»Wie auch immer, das ändert nichts an der Tatsache, daß wenn sie keine Anklage erheben, es keinen Prozeß und ergo auch keine Verurteilung gibt«, sagte Arthur Relyea.

»Für wen arbeiten die überhaupt da unten?« fragte Coolidge. »Für die Bezirksstaatsanwaltschaft oder die Civil Liberties Union der Kommunisten?«

»Hey, da kommt der Boss«, sagte Eddie Hall, als Hoover den Raum betrat. »Nett von dir, das du mal vorbeischaust.«

»Sehr witzig«, entgegnete Hoover, während er seine Post durchsah. Es war nicht viel, und nur ein Umschlag war von Interesse, ein brauner Umschlag, der an ihn adressiert und mit dem Vermerk »Persönlich« versehen war. Die Handschrift sagte ihm nichts.

Er riß das Kuvert auf und leerte den Inhalt auf den Tisch: eine Acht-Millimeter-Filmrolle und ein Blatt Papier. Auf dem Papier stand nur eine Telefonnummer, die ihm ebenfalls nichts sagte.

Hoover nahm den Film vom Tisch und ging hinaus auf den Flur. Eine kleingewachsene Frau mit verkniffenem Mund saß an einem Schreibtisch und hackte auf einer uralten Underwood-Schreibmaschine herum. In ihrem Mundwinkel steckte eine Zigarette.

»Miss Newburg, besorgen Sie mir einen Projektor.« Er hielt die Filmrolle hoch. »Ich lade meine Jungs ins Kino ein.«

Newburg hörte auf zu tippen, zog an der Zigarette und musterte Hoover durch den Rauch aus zusammengekniffenen Augen. »Miss Newburg? Was soll der Mist, Max? Seit wann nennen Sie mich nicht mehr Esther?«

»Ich wollte Sie von Ihrer besten Seite erwischen.«

»Ich habe keine«, brummte Esther Newburg. »Das müßten Sie doch eigentlich inzwischen bemerkt haben. Sie sind mir vielleicht ein schwerfälliger Cop, Hoover.« In einer anderen Zeit hätte Esther selbst einen verdammt guten Cop abgegeben.

»Kommen Sie, Esther, besorgen Sie mir diesen Projektor, ja? Ich möchte mir irgendwann heute diesen Film ansehen.«

»Wir haben keinen Projektor«, entgegnete Esther und wandte sich wieder ihrer Schreibmaschine und ihrer Zigarette zu.

»Wir müssen doch so ein Ding haben«, widersprach Max. »Was ist mit dem Projektor, der für Lehrfilme verwendet wird. Sie wissen schon, Tripperpävention und dergleichen Zeug.«

»Ich weiß auch so, wie ich einen Tripper vermeide«, entgegnete Esther.

»Esther, kommen Sie schon, Sie wissen, was ich meine«, bettelte Hoover. »Sagen Sie mir nur, wo er ist, und ich hole ihn mir selbst.«

»Wirklich nett von Ihnen, Max«, erwiderte Esther. »Aber ich weiß nicht, wo der Projektor des Departments ist, weil dieser Projektor nämlich gestohlen wurde. Sind Sie jetzt zufrieden, Hoover?«

»Gestohlen? Aus dem Police Department.« Er lehnte sich wieder in das Büro der Detectives. »Hey, Coolidge! Hast du den Filmprojektor mit nach Hause genommen?«

»Nein«, rief Coolidge zurück. »Warum? Wo ist er denn?«

»Keine Ahnung«, erwiderte Hoover. »Esther sagt, er wäre geklaut worden.«

»Geklaut ... Aber wir sind doch alle Cops«, entgegnete Coolidge. »Diesen Fall sollten wir doch in der Lage sein zu lösen.«

»Kein Cop verläßt den Raum«, sagte Eddie Hall.

»Jemand hat den Projektor aus dem Lagerraum genommen«, bemerkte Esther und drückte ihre Zigarette in einem überquellenden Aschenbecher aus. »Wer immer das war, hat sich nicht eingetragen und das Gerät auch nicht zurückgebracht.« Sie steckte sich eine neue Zigarette zwischen die Lippen, lehnte sich zurück, zündete sie an und blies eine gewaltige Rauchwolke aus. »Also, ich nenne das Diebstahl. Wie würden Sie das nennen, Hoover?«

»Das ist zweifellos Diebstahl, Esther. Ich muß es ja wissen. Ich bin Polizist ...« Er überlegte einen Moment. »Und ich bin ein Dieb. Mir ist gerade eingefallen, daß ich ihn vor zwei Wochen mit nach Hause genommen habe.«

»Gut. Dann verhaften Sie sich selbst.«

»So, jetzt wo das geklärt ist, werden Sie einen anderen Projektor organisieren müssen«, sagte Hoover.

»Ich? Eben sagten Sie doch noch, Sie würden ihn selbst holen.«

»Ich hab's mir anders überlegt ... Hören Sie, ich glaube, der Chief hat einen im Konferenzraum.«

»Holen Sie ihn sich selbst«, knurrte Esther. »Ich habe zu tun.«

Hoover zögerte nicht. »Coolidge! Geh und hol das Ding her. Wir sehen uns den Film im Aktenzimmer an.«

Kapitel 7

Einige Minuten später versammelten sie sich im engen Aktenraum und warteten mehr oder weniger geduldig, während Coolidge versuchte einen Hot dog zu essen und gleichzeitig den Film in den Projektor einzufädeln.

Esther kam herein. »Wenn ihr Jungs euch hier drin schmutzige Filme anseht, könntet ihr zumindest den Anstand besitzen, mich einzuladen.«

»Woher wollen Sie denn wissen, daß es ein schmutziger Film ist, Esther?« fragte Relyea. »Vielleicht ist es eine Oper.«

»Na klar, es kommt ja auch so oft vor, daß die Leute der Polizei Opernaufzeichnungen schicken, Arthur.« Sie schüttelte den Kopf und zündete sich eine Zigarette an. »Sie enttäuschen mich, Arthur. Ich hätte Sie für cleverer gehalten.«

»Seien Sie nicht zu hart zu ihm, Esther«, meinte Eddie Hall. »Er muß eben noch viel lernen.«

Hoover ließ seinen Drehstuhl herumschwenken. »Ellery, warum mußt du unbedingt einen Hot dog essen, während du den Film in den Projektor einfädelst? Warum mußt du ständig bei der Arbeit futtern? Warum mußt du überhaupt ständig irgend etwas in dich hineinstopfen?«

»Laß mich in Ruhe«, brummte Coolidge unwillig.

»Warum mußt du die ganze Zeit essen?« fragte Hoover. »Wirst du denn nicht müde von der ganzen Kauerei?«

»Ich esse, damit ich nicht ans Essen denke«, entgegnete Coolidge, der immer noch mit dem Projektor kämpfte. »Das ist Psychologie.«

Hoover stand von seinem Stuhl auf und betrachtete den Filmprojektor. »Ich glaube, der Film muß da eingelegt werden, siehst du? Siehst du das Zeichen? Steck den Finger da rein und fädle den Film ein.«

Coolidge versuchte, der Anweisung zu folgen, aber sein Zeigefinger war so groß, daß er nicht hineinpaßte. »Verdammt, ich komme nicht dran.«

»Du ißt also, um nicht ans Essen zu denken«, sagte Hoover skeptisch. »Ich will mich ja nicht in deine Angelegenheiten einmischen, Ellery, aber dieser Psychiater scheint noch schlimmer dran zu sein als du. Aber das ist natürlich nur meine ganz persönliche Meinung ...«

»Sie, Max«, verbesserte ihn Coolidge. »Mein Psychiater ist eine Sie. Eine Frau.« Er hantierte immer noch mit dem Projektor herum.

»Eine Frau?« fragte Hoover. »Du gehst zu einem Seelenklempner, schüttest ihm dein Herz aus, und es ist eine Sie?«

»Ja, und?«

»Was ist los mit dir? Hast du 'nen Knall?«

»Eben darum geht er doch hin, stimmt's Ellery?« rief

Eddie Hall, der sich wie gewöhnlich eine spitze Bemerkung nicht verkneifen konnte.

Coolidge hob in einer Geste der Resignation die Hände. »Ich kriege den Finger da nicht rein«, sagte er. »Er ist einfach zu groß.«

»Versuchen Sie es mit Ihrem Schwanz«, schlug Esther Newburg hilfsbereit vor.

»Hey, Newburg«, sagte Hoover. »Haben Sie nichts Besseres zu tun? Arbeiten zum Beispiel?«

Esther schüttelte den Kopf. »Nein«, sagte sie. »Ich habe nichts Besseres zu tun als das hier.«

»Gehen Sie und legen Sie irgendwelche Akten an«, befahl Hoover.

»Das hier ist der Aktenraum, Max.«

Hoover seufzte, nahm einen Bleistift aus der Tasche und reichte ihn Coolidge. »Ich wußte nicht, daß du wegen Eßstörungen zum Psychiater gehst, Ellery. Ich dachte, es wäre wegen der anderen Sache.«

Coolidge schob den Stift in den Mechanismus des Filmprojektors, und der Film wurde endlich eingefädelt. »Es besteht ein enger Zusammenhang zwischen Wut und Essen«, erklärte Coolidge. »Beides hat denselben Ursprung. Ich raste aus, und das Essen beruhigt mich. Ich finde, das ist gar nicht so übel, oder?«

Bevor Ellery Coolidge sich in psychiatrische Behandlung begeben hatte, hatte er regelmäßig Tobsuchtsanfälle gehabt. Im einen Augenblick war er ganz normal und freundlich und im nächsten geriet er in unkontrollierbare Wut. Die Gewalttätigkeit, die er bei diesen Anfällen an den Tag legen konnte, war nahezu furchterregend.

Coolidge prüfte den Projektor ein letztes Mal. »So, ich glaube, das wär's.«

»Hast du's?«

»Ja.«

»Dann los.« Hoover knipste das Licht aus, und Coolidge schaltete den Projektor ein.

Zuerst war auf der Leinwand nicht mehr zu sehen als ein helles Quadrat, das abrupt von rasenden Bildern abgelöst wurde. Anfangs war es aufgrund der Geschwindigkeit schwer, etwas zu erkennen. Dann wurde es klar. Es war eine Landschaft, die vorbeischoß, aus nächster Nähe gefilmt.

»Jemand filmt aus einem fahrenden Wagen heraus«, sagte Relyea.

»Ich frage mich, ob derjenige überhaupt wußte, daß die Kamera eingeschaltet war«, bemerkte Eddie Hall.

Die Aufnahmen der Straße und der Wüste wichen wackligen, scheinbar wahllosen Bildern vom Double Diamond Kasino. Die weiße Segeltuchmarkise über der Terrassenbar, die Bedienung, die Jimmy Fields Drink an den Tisch brachte, der Pianist am Klavier. Dann wurden die Aufnahmen ruhiger , und sie sahen Allison Pond durch die Bar zu den Tischen gehen.

»Max?« sagte Coolidge. Er drehte sich nicht um, sondern hielt den Blick starr auf die Leinwand gerichtet. Hoover, der am hinteren Ende des Raumes stand, antwortete nicht. Auch er konnte den Blick nicht von der Leinwand lösen.

Jimmy Fields reichte die Kamera an Allison weiter, und plötzlich erschien sein Gesicht in Großaufnahme. Er lächelte und schielte. Dann folgte eine Aufnahme von einer weit entfernten Atomexplosion und der pilzförmigen Wolke, die in den klaren blauen Himmel aufstieg. Die Kamera wackelte, als die Schockwelle über sie hinwegfegte.

»Max?« sagte Coolidge noch einmal. »Sie sieht aus wie die Frau, die wir im Valley gefunden haben, findest du nicht?«

Die Sequenzen wurden kürzer und verwackelter. Wieder Ansichten der Wüste aus einem fahrenden Wagen, dann amateurhafte Bilder eines Mannes in Uniform. Die Person war etwas unscharf, aber es war dennoch zu erkennen, daß es sich um einen älteren Mann handelte. Und er lachte über etwas und zeigte in die Linse, als schelte er die Person, die die Kamera bediente.

Da war noch ein zweiter Mann in Uniform, aber der lachte nicht. Er blickte düster in die Kamera und legte eine Hand vor die Linse, um nicht aufgenommen zu werden.

Als nächstes kamen typische Urlaubsaufnahmen. Die Kamera schwenkte über tiefrote Berge, die aus der Wüstenebene aufragten. Die Einstellung wich jedoch gleich darauf einer Aufnahme von einem niedrigen weißen Gebäude, das ein wenig militärisch aussah.

Ein Schnitt, und die Kamera schwenkte wacklig durch einen großen Raum. Der Raum war ganz in Weiß gehalten und stand voll mit Betten. Ein Krankenhauszimmer mit einem Patienten in jedem Bett. Die Gesichter waren dunkel und entstellt, manche Münder geöffnet und verzerrt.

»Was sind das?« fragte Esther und blies eine Wolke blauen Dunst in den Lichtstrahl des Filmprojektors. »Urlaubsaufnahmen?«

»Wenn ja, scheint es jedenfalls kein sehr schöner Urlaub gewesen zu sein«, bemerkte Hall.

»Noch nichts Pornographisches, Esther«, sagte Arthur Relyea.

Ein Mann erschien auf der Leinwand. Er trug nur Boxershorts, ein ärmelloses T-Shirt , Socken und einen Cowboyhut. Er hielt einen Drink in der Hand und sprach mit jemandem hinter der Kamera – beinahe war es so, als spräche er zu Esther und den vier Cops –, aber es war nichts zu hören außer dem Summen und Klicken des Projektors.

»Jetzt kommt es«, Esther lachte gackernd. »Sie waren ein wenig voreilig, Junior.«

General Timms' blickte eine Weile direkt in die Kamera, schien sich jedoch der Tatsache nicht bewußt zu sein, daß er gefilmt wurde. Er wandte sich ab und vollführte einen kleinen Stepptanz durch den Raum wie ein übermütiges Kind.

Allison Pond kam wieder ins Bild, nackt, und ging auf ihn zu. Timms lächelte ihr warm entgegen. Trotz der amateurhaften Aufnahme war der liebevolle Ausdruck in seinen Augen deutlich. Allison nahm ihm das Glas aus der Hand, fischte einen Eiswürfel heraus und fuhr mit den Händen vorn in die Shorts des Generals, wobei sie seine Genitalien mit dem Eiswürfel berührte.

»Das dürfte dich wach machen«, bemerkte Relyea.

Der General versuchte, sich zu entziehen, aber Allison ließ ihn dem Vergnügen nicht entkommen, das sie ihm bereitete. Sein Gesicht glich einer Maske, eine Mischung aus Schmerz und Ekstase, irgendwo zwischen Qual und Glückseligkeit.

»Gibt es wirklich Menschen, die so was tun?« fragte Esther Newburg, die Frage an niemanden Spezielles gerichtet.

Allison hatte immer noch eine Hand in General Timms Shorts und massierte ihn. Sie zog sein Gesicht bis auf zwei oder drei Zentimeter an das ihre heran. Er versuchte, sie zu küssen, aber sie wich ihm aus, indem sie den Kopf ruckartig von rechts nach links bewegte wie ein Boxer. Ihre Hand bewegte sich jetzt schneller, und er schloß die Augen, als er sich schweratmend dem Höhepunkt näherte. Die Cops und Esther konnten sehen, daß sein Körper so angespannt war wie eine Stahlfeder.

Dann hielt Allison abrupt inne, und die Züge General Timms' erstarrten, so dicht vor dem Orgasmus, daß seine

Frustration einen von der Leinwand herab förmlich anschrie. Allison sagte etwas, und General Timms verneinte kopfschüttelnd. Dann sank er vor ihr auf die Knie, und sie drückte sein Gesicht fest zwischen ihre Schenkel.

»Max«, rief Coolidge. »Kommt der Typ dir nicht irgendwie bekannt vor? Ich weiß, daß ich den Kerl schon mal irgendwo gesehen habe, Max.«

Hoovers Reaktion war brüsk. Er zog den Stecker aus der Steckdose, und die Leinwand wurde schwarz. Wortlos verließ er den Raum.

Coolidge blickte sich um, verwirrt von Hoovers zorniger Reaktion. »Esther, war ich das Schuld? Habe ich etwas Falsches gesagt?«

Esther zuckte die Achseln. »Fragen Sie mich nicht ...«

Hoover saß zusammengesunken an seinem Schreibtisch, immer noch ganz in Gedanken versunken. Coolidge näherte sich ihm zögernd, als hätte er ein Wildtier vor sich, daß er nicht aufschrecken wollte.

»Max?«

Hoover blickte auf, einen kalten Ausdruck in den Augen. »Ellery, ich möchte, daß du mir einen Gefallen tust, okay?«

Coolidge nickte. »Okay ...«

»Hol dir was zu Essen und setz dich an deinen Schreibtisch. Das ist alles, was ich möchte. Ich will kein Wort hören. Verstanden?«

»Darum bin ich nicht gekommen.«

»Aber das ist es, worum ich dich bitte, Ellery.«

»Max, wenn du ein Problem hast, na ja ... es kann helfen, wenn man darüber spricht, es rausläßt ... Du weißt schon, wenn es um etwas in dieser Art geht ...«

»Es geht um nichts in dieser Art«, entgegnete Hoover. Er wußte, daß Coolidge nur einem Freund helfen wollte, und die Geste rührte ihn, aber im Augenblick wünschte er sich von Ellery nur eins – daß er ihn in Frieden ließ.

»Ellery«, murmelte er. »Bitte tu mir den Gefallen ...«

»Aber ich weiß, wie schwer es sein kann, Max.« Coolidge schien aufrichtig besorgt. »Wenn man etwas für sich behält, das einen belastet, frißt es einen auf.«

»Ellery, bitte.«

Coolidge nickte und entfernte sich widerstrebend. Hoover starrte vor sich hin, und sein Blick fiel auf den Aschenbecher mit der zerknüllten Nachricht von Allison Pond. Er fischte den Zettel aus der Asche und Kippen heraus, die sich seit dem Vortag angehäuft hatten. Sorgfältig strich er den Zettel auf dem Schreibtisch glatt. *Allison Pond – bitte zurückrufen.*

Jetzt wünschte er, daß er das könnte.

Er starrte immer noch auf die Nachricht, als Esther Newburg hereinsah. »Max«, sagte sie, »entschuldigen Sie, wenn ich störe, aber das, was das Mädchen mit dem Eis gemacht hat... Sie wissen schon, das mit dem Eiswürfel auf dem Schwanz.«

Hoover nickte. »Ja?«

»Sagen Sie mal ehrlich, mögen Männer es wirklich, wenn man so was mit ihnen macht?«

»Ich weiß nicht, Esther«, entgegnete Hoover.

»Kennen Sie *irgend jemanden*, der so etwas macht? Ich meine, gibt es ganz normale Leute die so was tun?«

»Ich habe keine Ahnung, Esther.« Aber beide Antworten waren gelogen. Er hätte sagen können: *Ich weiß, was das für ein Gefühl ist, weil sie es auch bei mir gemacht hat.*

Kapitel 8

Es nannte sich Seacoast Colony und war eine Ansammlung schäbiger Strandhäuser, die auf den schmalen Küstenstreifen entlang des Highways gezwängt waren, zu weit von der Stadt entfernt für Leute mit einem festen Job. Seacoast war ein Tummelplatz für Freaks und Schwule, Haschraucher und andere Außenseiter. Einige Filmleute fingen an, hierher zu ziehen, und die Häuser wurden eleganter und das Land wertvoller, aber die Hollywoodgestalten waren gar nicht so verschieden von den ursprünglichen Bewohnern – sie nahmen Drogen oder schliefen mit Vertretern des eigenen Geschlechts.

Max Hoover steuerte den Buick vom Highway One herunter und in Richtung Strand. Er hielt vor einem verfallenen Bungalow im Sand, nur wenige Meter vom Meer entfernt. Wie alle Häuser hier draußen war auch dieses mit der Front zum Wasser hin gebaut, als würden die Freigeister der Seacoast Colony dem ganzen Land, das sich bis zur steilen Atlantikküste erstreckte, die kalte Schulter zeigen, um auf das Meer hinauszuschauen und auf das, was immer noch als der geheimnisvolle Osten galt.

Hoover stieg aus dem Wagen und sah sich um, während er auf das heruntergekommene, eingeschossige Haus zuging. Er versuchte, durch die geschlossenen Läden der kleinen Fenster auf der Rückseite zu sehen, konnte aber nichts erkennen als Dunkelheit.

Ein Rascheln im Riedgras. »Hoover?«

Max Hoover wandte sich um und sah Jimmy Fields aus einem Gebüsch am Rand des Strandes kommen. Er hielt eine kleine, billige Pistole in der herabhängenden Hand.

Es war eine dieser kleinkalibrigen Waffen schlechter Qualität, die immer häufiger im Osten von LA auftauchten, wo die Gangs dazu übergingen, Fahrradketten und selbstgebastelte Waffen gegen größeres Geschütz einzutauschen.

Max Hoover konnte sich vorstellen wie Jimmy Fields ins Barrio fuhr und die Waffe von einem Straßenhändler kaufte und Blut und Wasser schwitzte, während er seine zehn Bucks für etwas vermeintlichen Schutz eintauschte. Fields konnte natürlich nicht wissen, daß man bei vielen dieser billigen Handfeuerwaffen vor dem Lauf noch am sichersten war.

»Sind Sie allein, Hoover?« fragte Fields und klopfte sich Sand von den Knien seiner khakifarbenen Hose.

»Sehen Sie sonst noch jemanden?« fragte Hoover.

Fields blickte zum Wagen und dann den Strand hinunter. Offensichtlich beruhigten ihn Hoovers Worte nur mäßig.

»Sie erinnern sich an mich?« fragte Fields.

»Sollte ich?«

»Ich erinnere mich an Sie, Hoover«, sagte Fields kopfschüttelnd. »Sehr gut sogar.«

»Ach ja? Woher?« Hoover kramte in seinem Gedächtnis. Fields jungenhaft hübsche Züge kamen ihm tatsächlich irgendwie vertraut vor. Dann, als er ihn wieder musterte, mußte er an Allison Pond denken, wenngleich es ihm nicht gelingen wollte, die Verbindung zwischen den beiden Personen herzustellen.

»Ich war in jener Nacht dort«, entgegnete Fields. »Ich war bei Kenny Kamins an jenem Abend, als er während seiner eigenen Party plötzlich ins Koma fiel. Sie müssen sich doch an diesen Abend erinnern.«

Hoover nickte. Er erinnerte sich noch gut an einen Clown namens Kenny Kamins. Und er erinnerte sich an Kennys Vorliebe für junge Mädchen.

»Und? Was wollen Sie von mir?«

Field lachte freudlos und schüttelte verlegen den Kopf. »Ich brauche Schutz«, sagte Jimmy.»Und das sofort.«

»Schutz? Wovor?«

»Haben Sie sich den Film angesehen, den ich Ihnen geschickt habe?« fragte Fields, als würde das alles erklären. »Ich weiß, daß Sie das Mädchen gekannt haben. Wissen Sie auch, wer der Kerl ist, Hoover? Kommt er Ihnen bekannt vor?«

Hoover schüttelte den Kopf. »Ich weiß ja nicht einmal, wer Sie sind.«

»Mein Name ist Jimmy Fields, Hoover. Und der Kerl in dem Film hat sie umgebracht.«

Max Hoover zeigte keinerlei Reaktion. »Hat wen umgebracht?«

Fields wurde wütend. »Hören Sie, ersparen Sie mir den Mist, ja, Hoover? Ich habe keine Zeit für solche Spielchen. Unsere gemeinsame Freundin, wen sonst? Sie wissen, wen ich meine, richtig? Sie ist tot, und ich weiß, wer sie getötet hat. Und wenn Sie mir nicht helfen, werde ich genauso enden wie sie.«

»Woher wissen Sie, daß sie tot ist?« fragte Hoover. Allisons unerfreulicher, unbedeutender Tod gehörte nicht zu den Dingen, die in die Zeitung kamen.

»Sonst hätte sie mich angerufen«, entgegnete Fields. »Das hat sie immer getan. Wir haben drei oder viermal täglich miteinander telefoniert. Ich war ihr bester Freund.« Fields lächelte. »Und wissen Sie, was das heißt? Das heißt, daß ich zu den wenigen gehöre, die sie nicht gebumst haben, und daß ich auch nichts mit ihrem Tod zu tun habe.«

»Ach?« entgegnete Hoover. »Und welcher Art war Ihre Beziehung dann, Jimmy? Haben Sie Schminktips ausgetauscht?«

Fields reagierte nicht zornig, sondern eher erfreut. Die Homosexuellenszene von Los Angeles war noch von Geheimnistuerei geprägt, und sogar für einen Polizisten war ein Mann, der sich wie Fields offen zu seinen Neigungen bekannte, eine Seltenheit. Es belustigte ihn immer wieder, wenn rauhe, harte heterosexuelle Männer wie Hoover nervös wurden, wenn sie glaubten, daß eine halbe Portion wie Fields sich an sie heranmachte. Er hatte das Gefühl, daß Hoover sich lieber einem bewaffneten Verbrecher in einer dunklen Gasse stellte, als von einem Mann auf den Mund geküßt zu werden.

»Mache ich Sie nervös, Lieutenant?« Fields beugte sich vor und senkte die Stimme. »Oder macht Ihnen ein kleiner Teil von Ihnen Sorgen ... Diese kleine Stimme, die Ihnen zuflüstert, daß Sie vielleicht selbst ein ganz klein wenig zum anderen Ufer tendieren könnten?«

»Um die Wahrheit zu sagen, Mr. Fields, meinetwegen können Sie sich im Dreck wälzen und mit Schlangen vögeln, wenn es Ihnen Spaß macht.«

»Ich weiß, was Sie denken. Wie das wohl sein mag? Wie es wohl wäre, wenn ich meinen Schwanz in Ihren Mund stecke. Oder meinen Schwanz in Ihrem Hintern zu fühlen ...« Fields Gesicht war nur Zentimeter von Hoovers entfernt, und er wirkte beinahe winzig neben dem hünenhaften Cop, der an sich halten mußte, nicht zurückzu weichen. Er fühlte Fields nach Patschuli riechenden Atem wie eine widerlich süße Brise auf seinem Gesicht. »Wissen Sie, Hoover, ich habe eine Menge Heteros gevögelt. Sie wären überrascht. Einen Haufen Heteros ... Das heißt, ich habe einen Haufen Schlangen gebumst. Viele, viele Schlangen.«

Einen Augenblick fürchtete Hoover, er würde die Beherrschung verlieren und zuschlagen, aber er sah dem kleineren

Mann an, daß er keine Angst vor ihm hatte. Das beeindruckte ihn. Die meisten Leute fürchteten sich vor Maxwell Hoover.

»Okay, Sie wollen Klartext reden?« sagte Hoover. »Reden wir Klartext. Wann haben Sie sie das letzte Mal gesehen?«

Es war, als brächte es keiner der beiden über sich, ihren Namen auszusprechen.

»Freitag«, erwiderte Fields. »Oben in Vegas.« Jimmy überlegte einen Augenblick und verbesserte sich dann. »Nein, am Samstag. Sie hat Samstag morgen meine Kamera im Motel vorbeigebracht.«

»Was hatten Sie für einen Eindruck von ihr? War sie wegen irgend etwas beunruhigt?« fragte Hoover. »War sie nervös?«

Fields schüttelte den Kopf. »Überhaupt nicht«, entgegnete er. »Ganz im Gegenteil. Sie sagte, sie und der General würden zusammen ausreiten, und sie würde sich in Los Angeles wieder mit mir in Verbindung setzen. Sie sah großartig aus. Sie schien glücklich.«

Hoover schüttelte hastig den Kopf. Er war überrascht. »Augenblick mal«, sagte er. »Ein General? Was für ein General?«

Diesmal war es Fields, der ein überraschtes Gesicht machte. »Das wußten Sie nicht?« er schüttelte ungläubig den Kopf. »Cops ... Verbringen ihre ganze Zeit damit, Schwule in North Hollywood zu jagen und Gammler und Schwarze zu verprügeln ... Mann, überprüfen Sie ihn. Er ist ein bekannter General. General Thomas Timms.«

»Sie ist mit einem General ausgegangen?«

»Haben Sie sich den Film denn nicht angesehen? Ich war sicher, das würde sie neugierig machen. Sie ist nicht nur mit ihm ausgegangen, Hoover«, sagte Fields. »Der General ist ... kein Kostverächter. Und sie war es auch nicht. Die beiden haben es miteinander getrieben. Sie konnten die Hände nicht voneinander lassen.«

»Reden Sie nicht so von ihr.«

Fields lachte. »Ach, spielen Sie jetzt den Empfindlichen? Wir wissen beide, was sie war, Hoover. Der Unterschied ist nur, daß es mir egal war. Ich habe sie geliebt, und Sie haben sie benutzt. Alle Männer in ihrem Leben haben sie benutzt.«

»Einschließlich des Generals?«

»Vor allem der General«, entgegnete Fields. »Sie hatte sich in den Kopf gesetzt, daß er seine Frau verlassen und sie heiraten würde. Sie konnte stahlhart sein, aber wenn sie verliebt war, war sie naiv wie ein Schulmädchen. Sie war sehr gefühlsbetont, und wenn sie verletzt wurde, hat sie das sehr tief getroffen.«

»Hat dieser Timms ihr gesagt, daß er sich von seiner Frau trennen würde?« fragte Hoover. »Hat er ihr Hoffnungen gemacht?«

»Ha, Hoffnungen ... Mit Enttäuschung konnte sie umgehen. Sie hat immer gewußt, daß es die Hoffnung war, die einen fertigmachen konnte.« Fields blickte zu Boden; traurig bei der Erinnerung an Allison. »Sie war ein solcher Dummkopf ... Sie glaubte wahrhaftig, General Thomas Timms würde seine Frau verlassen, seine Karriere und seinen gutbezahlten Posten aufgeben und ein LA Flittchen heiraten, das vom Alter her seine Tochter hätte sein können. Ich glaube, sie hat sich schon ausgemalt, wie sie den anderen Offiziersgattinen den Tee einschenkt.«

Fields blickte wieder auf; in seinen Augen standen Tränen. »Sie fehlt mir, Hoover. Wir haben uns immer gegenseitig aufgemuntert. Wir waren füreinander da, wenn wir Angst hatten. Jetzt habe ich Angst und bin gezwungen, mich an ... Sie zu wenden.«

»Wie viele Filme dieser Art gibt es?« fragte Hoover.

»Mehr als einen.«

»Wußte sie davon?«

»Ob sie es wußte? Was wußte?«

»Daß Sie sie gefilmt haben.« Hoovers Stimme klang jetzt sehr ernst und drohend. »Ich habe Sie etwas gefragt.«

Schließlich schüttelte Fields den Kopf. »Nein, davon wußte sie nichts.«

Hoover reckte das Kinn vor und nickte in Richtung der Pistole, die Fields noch immer in der Hand hielt. »Werfen Sie die weg. Sie werden sich nur selbst verletzen.« Er wandte sich ab und ging auf seinen Wagen zu.

Fields hob die Stimme. »Sie hat einem mächtigen Mann im Weg gestanden, Hoover. Sie war eine Bedrohung für ihn. Sie war ein Störfaktor – und als sie zum Störfaktor wurde, mußten sie sie loswerden.«

Hoover ging weiter, ohne sich umzuwenden, aber die Worte bohrten sich wie spitze Pfeile in seinen Rücken.

»Eins muß ich Ihnen zugute halten, Hoover. Wenigstens haben Sie es dabei belassen, ihr das Herz zu brechen. Sie haben sie nicht getötet. Das wollte sie Ihnen abnehmen. Sie wollte Ihnen die Mühe ersparen, abzudrücken ...«

Diesmal blieb Hoover stehen. Er drehte sich um und musterte Fields mit fragendem Blick.

»Das haben Sie nicht gewußt, Hoover?« rief Fields. »Sie hat versucht, sich das Leben zu nehmen, als Sie sie verlassen haben. Ich weiß es. Ich war es, der sie zum Arzt gebracht hat, um die Wunden an ihren Handgelenken nähen zu lassen. Sie war am Ende.«

Max Hoover setzte seinen Weg zum Wagen fort.

»Ich brauche Schutz, Hoover. Sie sind doch ein Cop ... Ich dachte, Sie könnten niemanden hängenlassen, der Sie um Hilfe bittet.«

»Hat sie das gesagt?« wollte Hoover wissen.

»Das hat sie gesagt.«

»Dann hat sie sich geirrt«, rief er über die Schulter hinweg.

Jimmy Fields hob die Waffe und zielte auf Hoovers Rükken. Aber er brachte es nicht über sich abzudrücken. Stattdessen feuerte er in die Luft und sank dann auf die Knie.

Kapitel 9

Eine fast leere Flasche Calvert Rye zwischen den Schenkeln, fuhr Max Hoover mit der langsamen, umständlichen, angestrengten Vorsicht eines Betrunkenen nach Hause.

Er hatte früh am Nachmittag mit dem Trinken angefangen, in dem Augenblick, da er zurück in Downtown Los Angeles gewesen war. Es hatte mit zwei Runden mit Coolidge, Hall und Relyea in ihrer Stammkneipe angefangen, die einem ehemaligen Cop namens Gus gehörte. Harte braune Drinks, die sie unter großem Gelächter heruntergekippt hatten, während Hall und Hoover Anekdoten aus dem alten LA erzählt hatten. Aber trotz der ausgelassenen, fröhlichen Stimmung hatte Hoover die ganze Zeit an Allison Pond denken müssen. Egal, wieviel er trank oder lachte, sie ließ sich einfach nicht aus seinen Gedanken vertreiben.

Die anderen drei Cops hatten sich verabschiedet, aber Hoover war sitzen geblieben, hatte allein weitergetrunken und war immer verdrießlicher geworden. Er hatte zusammengesunken am Tresen gesessen, bis Gus ihn hinausgeworfen hatte, weil, wie er erklärt hatte, ein Besoffener an der Bar schlecht fürs Geschäft wäre.

Damit hatte eine lange Kneipentour durch Los Angeles begonnen, bei der Hoover in verschiedenen legalen Bars weitergetrunken hatte, bis diese dichtgemacht worden waren, und anschließend ein paar illegale Etablissements in der Gegend von Culver City aufsucht hatte. Er hatte ein paar Drinks in einem Bordell im Osten der Stadt gekippt, ohne jedoch die Mädchen zu beachten, und war sogar raus zu einer Spielhölle in der Nähe des Grand Central Airport gefahren.

Zum Abschluß seines Saufgelages hatte er sich eine Flasche Roggenwhisky für die lange Heimfahrt besorgt ... Das Problem war, daß er Allison nicht hatte loswerden können – sie hatte ihn auf Schritt und Tritt begleitet. Sie war ebenso in den verräucherten Kneipen bei ihm gewesen wie in den Lasterhöhlen, war ihm wie ein Schatten quer durch LA gefolgt.

Er brachte den Buick vor seinem Haus zum Stehen, torkelte über den Rasen und trampelte durch die Blumenbeete, die Flasche in der einen Hand und mit der anderen sein Jackett hinter sich herschleifend.

Er hielt sich für sehr gewitzt, als er den Schlüssel ins Schloß steckte und versuchte, mit der Geschicklichkeit und Lautlosigkeit eines Safeknackers aufzusperren, was natürlich kläglich mißlang. Allein das Drehen des Schlüssels klang in seinen Ohren so laut, als würden leere Blechbüchsen scheppernd auf harten Asphalt prallen.

Katherine saß zusammengekauert in einer Ecke des Sofas im Wohnzimmer, einen kaum angerührten Drink auf dem Beistelltisch neben ihr. Auf ihrem Schoß lag ein Buch, ein Finger die Stelle markierend, an der sie es zugeklappt hatte. Der Fernseher lief, aber sie schenkte dem Bildschirm keinerlei Beachtung.

Sie stand nicht auf und schrie auch nicht, als Hoover hereinkam. Sie schüttelte nur langsam den Kopf. »Betrunken ... voll bis zur Halskrause.«

Max nickte. »Stimmt.«

»Und du bist durch die Blumenbeete getrampelt.«

»Woher weißt du das?«

»Ich bin mit einem Detective verheiratet.«

Max blickte an sich herab und sah die Blütenblätter von Katherines Begonien und Rosen, die an seinen Schuhsohlen hafteten. Es sah aus, als hätte er einen Blumenstrauß zertrampelt.

Hoover nickte wieder. »Und ich bin durch die Blumenbeete getrampelt.«

Sehr vorsichtig beugte er sich herab, klaubte einige der zerquetschten Blütenblätter von seinen Schuhsohlen und versuchte, sie in der Faust zu einem Sträußchen zusammenzustecken. Er setzte sich schwerfällig neben Katherine auf den Boden und zwängte sich in die enge Lücke zwischen Sofa und Couchtisch. Dann hielt er ihr die Hand mit den Blütenblättern hin.

»Für dich«, sagte er.

»Sie haben schon mir gehört.«

»Entschuldige«, sagte er reumütig.

Er sah auf das Buch auf ihrem Schoß.»*A Farewell to Arms* von Ernest Hemingway.« Er nahm ihr das Buch aus den Händen und legte es auf den Couchtisch neben sich.

»So, wie der Typ schreibt, könnte man meinen, daß er in seinem ganzen Leben nie mit einer Frau gesprochen hat«, erklärte Max Hoover mit der eigentümlichen Überzeugung eines extrem Alkoholisierten.

Dann, als wollte er einschlafen, nachdem er sein abschließendes Urteil zum Lebenswerk Ernest Hemingways abgegeben hatte, legte Hoover den Kopf auf den Bauch seiner Frau. Sie strich sacht über seinen Haaransatz.

»Wann hast du denn Hemingway gelesen?« fragte Katherine.

»Er hat keine Ahnung von den Dingen, die eine Frau glücklich machen«, murmelte Hoover. »Er glaubte, sie wollten alle, daß man sie mit ›mein Schatz‹ anspricht.«

Katherine wölbte eine Braue. »Tatsächlich?«

»Allerdings!«

»Und du weißt, was eine Frau glücklich macht?«

»Ja, das tue ich.«

»Und das wäre?«

»Das werde ich dir sagen.« Er schob ihr Kleid hoch und legte ein Ohr an ihren nackten Bauch. Er schloß die Augen. »Was die Frauen wirklich wollen ... ist ein Mann, der an ihrem Bauch horcht.«

»Red nicht so ein dummes Zeug«, entgegnete Katherine.

Er lag einige Zeit reglos da. Dann sprach er wieder, aber jetzt klang er ernst und nüchtern.

»Wir haben draußen im Valley ein totes Mädchen gefunden ...« sagte er langsam. Katherine sagte nichts, sondern fuhr nur schweigend mit den Fingern durch sein Haar.

»Jeder einzelne Knochen in ihrem Körper war zertrümmert«, fuhr er fort. »Sie war so zugerichtet, daß die Coroner sie nicht einmal hochheben konnten.«

Sie streichelte weiter wortlos sein Haar. Er seufzte und schmiegte sich an sie, wie sich ein Schiffswrack an den Meeresboden schmiegt.

»Wer war sie?« fragte Katherine schließlich.

Hoover schlug die Augen auf. Es dauerte lange, ehe er antwortete, so, als sähe er Allison Pond vor sich. »Nur ein Mädchen ...«, sagte er.

Er schloß die Augen wieder, und nur Sekunden später wurde er vom Alkohol und der Trauer überwältigt und konnte endlich einschlafen.

Ganz sanft hob Katherine seinen Kopf von ihrem Bauch, rückte zur Seite und ließ seinen Kopf auf das Sofapolster sinken. Sie breitete eine Decke über ihm aus, hob sein zerknittertes Jackett vom Boden auf und schaltete den Fernseher ab. Plötzliche Stille senkte sich herab.

Katherine betrachtete ihren in unbequemer Haltung halb auf dem Sofa, halb auf dem Boden ausgestreckten Mann. Er tat ihr leid, und sie haßte die Dämonen, mit denen er zu kämpfen hatte.

Kapitel 10

Coolidge, Relyea und Hall schlossen sich Max Hoover an, als dieser die geschwungene Steintreppe des Rathauses hinunterging.

»Hast du gestern abend zu tief ins Glas geschaut, Max?« fragte Eddie Hall.

»Du warst doch dabei, Eddie.« Die vier Männer stiegen die letzten Stufen hinunter und überquerten Bürgersteig und Straße, ohne die quietschenden Bremsen und das Hupen zorniger Autofahrer zu beachten.

»Du bist aber noch geblieben, als ich gegangen bin, Max«, entgegnete Hall mit einem Seitenblick auf Hoover.

»Außerdem siehst du beschissen aus«, bemerkte Coolidge.

»Tu dir keinen Zwang an, Ellery«, sagte Hoover. »Sprich dich nur aus, ohne Rücksicht auf meine Gefühle.«

»Also, du siehst wirklich beschissen aus«, sagte Relyea.

»Wohin fahren wir?« fragte Hall.

»Wir fahren nirgendwo hin«, entgegnete Hoover und steuerte den Buick an. »Ich habe etwas zu erledigen. Ich stoße dann später zu euch.«

Die anderen drei Männer wechselten einen konspirativen Blick. Offenbar hatten sie Hall zu ihrem Sprecher gewählt.

»Wir haben nachgedacht ...«

»Ach?« entgegnete Max. »Das ist immer ein schlechtes Zeichen. Ich hasse diese Einleitung.«

»Es ist ernst, Max«, sagte Coolidge nüchtern.

»Wir müssen dich etwas fragen, Max«, sagte Hall. »Es geht um die Tote. Es ist dieselbe Frau wie in dem Film, stimmt's?«

Hoover zuckte zusammen und musterte Hall, Coolidge und Relyea wütend. Die drei Männer hielten seinem Blick stand. Sie waren offensichtlich nicht gewillt nachzugeben.

»Wer sagt das?« entgegnete Hoover barsch. »Doch nicht etwa mein alter Freund Ellery, oder?«

Coolidge senkte den Blick; offenbar hatte er ein schlechtes Gewissen, weil er eine vertrauliche Information weitergegeben hatte. »Ich habe mir Sorgen gemacht«, sagte Coolidge zu seiner Entschuldigung.

»Sorgen?« fragte Hoover gereizt. »Weswegen, zum Teufel, hast du dir Sorgen gemacht, Ellery?«

»Wir sind Partner, Max«, sagte Coolidge. Er war jetzt ebenso wütend wie Hoover, und es war ihm gleich, ob man es ihm anmerkte. »War da etwas zwischen dir und dem Mädchen? Wenn ja, solltest du es uns besser sagen, verdammt noch mal!«

Hoover seufzte, wandte sich um und musterte Coolidge durchdringend. Einen Augenblick lang sah es aus, als würde er nachgeben und ihnen die Wahrheit sagen. Aber der Augenblick verging, und er machte einen Rückzieher.

»Jungs, ich möchte, daß ihr mir bei diesem Fall ein wenig Freiraum laßt«, sagte er. »Laßt mich einfach tun, was ich tun muß, okay?«

Die drei Männer rührten sich nicht. Hoover zuckte die Achseln, öffnete die Wagentür, und die anderen nahmen ihre gewohnten Plätze ein.

»Ich dachte, ihr müßtet heute vor der Grand Jury aussagen«, sagte Hoover. »Ich dachte, ich wäre euch ausnahmsweise einmal für ein paar Stunden los.«

Relyea zuckte die Achseln. »Mach dir wegen der Grand Jury mal keine Gedanken, Max«, sagte er. »Sie können in diesem Fall doch keine Anklage erheben.«

Hoover legte den Rückwärtsgang ein und setzte aus der Parklücke. Hall, der sich besser fühlte, jetzt, da feststand, daß sie Max begleiten würden, streckte sich wohlig in den Polstern aus, und genoß die Wärme der Morgensonne.

»Wohin fahren wir also?« fragte er.

»Das ist eine Überraschung«, entgegnete Hoover.

Das Kabrio fuhr die Vermont hinauf. Coolidge zog einen Baby-Ruth-Riegel aus seiner Jackentasche und wickelte ihn aus dem Papier. Dann beugte er sich vor, damit man ihn auch vorn im Wagen hören konnte.

»Weißt du, ich habe nachgedacht ...«

»Jetzt geht das schon wieder los«, brummte Hoover säuerlich. »Wißt ihr, langsam fange ich an es zu hassen, wenn ihr das sagt.«

»Und was hast du gedacht, Ellery?« fragte Hall über die Schulter hinweg.

»Na ja, warum sitzen wir eigentlich immer auf denselben Plätzen? Hier im Wagen, meine ich«, fragte Ellery ernsthaft. »Und wie kommt es, Max, daß du immer fährst?«

Hoover überlegte eine Weile und zuckte dann die Achseln. »Ich nehme an, das liegt daran, daß ich die Schlüssel habe.«

»Aber *warum* hast du die Wagenschlüssel?« beharrte Ellery Coolidge. »Das ist es, was ich gern wüßte. Es gibt doch für alles einen Grund ...«

»Ich habe die Schlüssel, weil der verdammte Wagen mir gehört, Ellery«, brüllte Hoover. »Wie lange willst du noch zu diesem Psychiater gehen?«

»Ja, Ellery«, fragte Hall. »Wie lange willst du noch so blöd daherreden?«

»Es ist nichts dabei, zum Psychiater zu gehen«, meinte Coolidge ärgerlich. »Viele Leute gehen zum Psychiater.«

»Ja«, sagte Hall, »und viele von ihnen sind bescheuert.«

»Niemand kritisiert dich, Ellery«, mischte Arthur Relyea sich ein.

»Doch, ich«, bemerkte Hall.

»Wir wollen einfach nur wissen, wie lange noch, das ist alles.«

»Ich weiß es nicht«, erwiderte Coolidge. »Der ganze Prozeß ... Er läßt sich nicht zeitlich begrenzen. Manchmal dauert es Jahre, ein Problem zu bewältigen.«

»Jahre!« rief Hall aus. »Jesus Maria ...«

»Also sag schon, Max, wie kommt es, daß immer du fährst?«

»Max?«

»Was?«

»Bitte laß Ellery fahren ...«

Als der Buick vor dem schlichten Apartmenthaus in Los Feliz hielt, saß Ellery am Steuer und Relyea auf dem Beifahrersitz. Hall und Hoover boten im Fond einen ungewohnten Anblick. Coolidge legte den Rückwärtsgang ein und setzte linkisch in zweiter Reihe zurück, wobei er mit einem alten Plymouth zusammenstieß, der am Straßenrand parkte. Es war ein ganz leichter Zusammenstoß, der keinen Schaden anrichtete außer an Ellery Coolidges Ego.

»Ups«, sagte er und wandte sich um. »Tut mir leid, Max.«

»Weißt du, Ellery«, bemerkte Eddie Hall, »vielleicht ist das der Grund, warum Max immer gefahren ist.«

Bei dem Apartmenthaus handelte es sich um ein niedriges Gebäude im Hacienda-Stil, U-förmig um einen Swimmingpool im Innenhof herum gebaut. Ein paar Frauen aalten sich am Pool, eingeölt in der Sonne bratend. Jede einzelne war eine Schönheit, und sie alle hielten ständig aufmerksam Wache. Mann konnte nie wissen, ob derjenige, der als nächster vorbeikam, nicht der Producer, Agent oder Regisseur war, der aus einem jungen Mädchen ein Starlet machte – oder gar mehr.

Als die vier hünenhaften Cops den Innenhof betraten, richteten sich aller Blicke auf sie. Es war der »Man kann nie wissen«-Komplex. Eine der Frauen, eine Blondine in einem blendendweißen Badeanzug, sprang auf die Füße und zupfte kokett die Träger ihres Badeanzugs zurecht. Sie war ganz offensichtlich darauf bedacht, ihre umwerfenden Beine vorzuführen. Coolidges Aufmerksamkeit erregten sie jedenfalls.

»Mann«, sagte er. »Was für lange Beine ...«

Die Blondine stolzierte mit katzenhafter Anmut an den Beckenrand und sprang ins Wasser. Sie kam lächelnd wieder hoch, musterte die Cops einen Augenblick, holte dann tief Luft und tauchte wieder unter.

Coolidge starrte sie verblüfft an. »Was zum Teufel macht sie da?«

Relyea legte Coolidge in einer beruhigenden Geste die Hand auf die Schulter.»Keine Sorge, Ellery. Sie übt nur ...«

Hoover und Hall blickten ebenfalls auf Relyea. Sie hatten keinen Schimmer, was er damit meinte.

»Übt was?« fragte Hall. »Wie man stilecht untergeht?«

»Streng doch mal deine Phantasie ein wenig an, Eddie«, entgegnete Relyea. »Sie arbeitet an ihrem Unterwasserlächeln.«

»Und wozu das?« wollte Coolidge wissen.

»Weil sie die nächste Esther Williams werden will«, erklärte Relyea. »Die hat das schönste Unterwasserlächeln im ganzen Showbusiness.«

Die anderen Frauen starrten sie weiter an und warfen sich in Pose, während die Männer um den Pool herumgingen.

»Was starren die uns denn so an?« fragte Coolidge leise. »Glaubt ihr, sie wissen, wer wir sind?«

»Sie halten uns für Filmproduzenten«, erwiderte Eddie Hall ebenso leise. »Das liegt an unseren Anzügen.« Die Frau im Wasser tauchte an dem Ende des Pools wieder auf, das den Cops am nächsten war. Sie keuchte und schnappte nach Luft, hielt das Lächeln auf ihrem makellosen Gesicht jedoch bei. Hall wandte sich Relyea zu.

»Du bist schon ein komischer Vogel, Arthur, weißt du das?«

»Arthur«, sagte Hoover. »Mach den Manager ausfindig und sag ihm, daß wir uns in einem der Apartments umsehen wollen.« Dann wandte er sich an Hall und Coolidge. »Ihr zwei fragt nach, ob die Mädchen was gehört haben. Findet heraus, ob eine von ihnen sie gekannt hat, ob sie Besucher hatte, die uns interessieren könnten.«

»Das ist mal wieder mein übliches Glück. Typisch. Immer bin ich derjenige, der die Drecksarbeit machen muß«, brummte Eddie Hall und schlenderte auf das Mädchen zu, das ihm am nächsten war. »Aber schützen und dienen ist eben mein Motto.«

Hoover stieg die Treppe zum ersten Stock hinauf, als Eddie sich gerade zu einem Mädchen setzte, das auf einem der Liegestühle lag. Es lächelte zu ihm auf und fragte sich, ob er vielleicht derjenige war ... Man konnte nie wissen.

»Ich bin Police Officer und ermittle in einem Mordfall«, begann Eddie Hall. »Darf ich Ihnen ein paar Fragen stellen?«

Das Mädchen gab sich Mühe, sich seine Enttäuschung nicht anmerken zu lassen. »Natürlich.«

»Wissen Sie, an wen Sie mich erinnern?«

»Nein, an wen?«

Eddie Hall schüttelte langsam den Kopf. »An niemanden«, sagte er. »Ich habe in meinem ganzen Leben noch nie eine Frau wie Sie gesehen.«

»Ach Sie!« entgegnete sie lachend.

Relyea ging vorbei, den Manager des Apartmenthauses im Schlepptau. »Klasse Spruch, Eddie«, sagte er. »Wirklich klasse.«

Kapitel 11

Hoover ging die Galerie entlang und steuerte das Ende des Gebäudes an, wobei er nach seinen Schlüsseln kramte. Er sah aus wie jemand, der sich auskannte.

Er betrachtete die Tür einen Moment, seufzte und steckte dann den Schlüssel ins Schloß. Die Tür schwang auf, und er sah auf den ersten Blick, daß die Wohnung gründlich durchsucht worden war.

Sitzmöbel waren umgestürzt, die Polster aufgeschlitzt und die Füllung herausgezogen worden. Hoover bahnte sich einen Weg durch das Chaos. In der Küche sah er, daß sämtliche Teller, Töpfe und Pfannen aus den Schränken geräumt worden waren. Der Kühlschrank stand offen, und Lebensmittel waren auf dem Boden verstreut worden. Die glibberigen Überreste zerbrochener Eier waren auf dem blaßblauen Linoleum eingetrocknet. Die Schubladen waren herausgerissen und das Besteck in die Spüle geleert worden. Vom Toaster war nur noch ein Haufen verbogener Einzelteile übrig.

Hoover blieb lange in der Küche stehen, ehe er das winzige Badezimmer betrat. Die gleiche Verwüstung wie in der restlichen Wohnung. Der Inhalt des Medizinschränkchens war ins Waschbecken gekippt worden, und die Unbekannten hatten bei ihrer Suche nicht einmal die Toilette ausgelassen, deren Deckel in ein Dutzend Teile zerbrochen in der Badewanne lag.

Hoover stand völlig reglos da und ließ den Blick über das Durcheinander schweifen, ohne etwas anzurühren.Er seufzte schwer. Am liebsten hätte er die Wohnung verlassen, aber statt dessen zwang er sich, den dunklen Flur hinunter zum Schlafzimmer zu gehen, ein Raum, der ihm sehr vertraut war.

Das Bett war noch mit einem Laken bespannt, aber Laken und Matratze waren mit langen vertikalen Schnitten aufgeschlitzt worden. Sämtliche Stofftiere, die Allison gehört hatten, hatten das gleiche Schicksal erlitten, und Hoover kam sich vor wie in einem Schlachthaus für Plüschtiere.

Der Nachttisch war umgeworfen und die Schublade auf den Fußboden geleert worden. Hoover hob eine Strumpfhose auf und legte sie auf die Kommode. Noch in der Bewegung fragte er sich, warum er das tat.

Plötzlich überfiel ihn überwältigende Müdigkeit, und er ließ sich auf das Bett sinken. Auf dem Boden lag ein Photo, und er bückte sich, um es aufzuheben. Es war eine Aufnahme von Allison als kleinem Mädchen. Sie hatte Zöpfe und lächelte mit Milchzähnen in die Kamera. Er betrachtete das Photo und erkannte die Schönheit, zu der sie heranreifen würde. Wovon jedoch nichts zu sehen war, waren die häßlichen Erlebnisse, der Schmerz und die Qualen, die sie erleiden würde. Er verspürte einen schmerzhaften Stich in der Brust.

Hoover brachte es nicht über sich, das Bild länger als

ein paar Sekunden zu betrachten. Sein Blick fiel auf die Fensterläden und folgte den unterbrochenen Lichtstreifen, die in einem chaotischen Muster über den Boden und die Wände fielen.

Er erinnerte sich an dieses Licht. Er erinnerte sich an die Balken dunkler Schatten und hellen Lichts auf ihrer glatten Haut. Er erinnerte sich an die seidige Textur ihres Haares, wenn es über seine Brust geglitten war. Er erinnerte sich an ihr Gesicht, daran, wie sie mit Aufrichtigkeit und Offenheit zu ihm aufgeblickt hatte, ihre Lippen zuckend und bebend vor Leidenschaft, an ihre geschlossenen Augen, wenn sie auf die nahende Ekstase wartete.

Er sah vor sich, wie sie sich aufbäumte, wenn die Lust über sie hereinbrach wie eine eisige Welle. Sie erschlaffte in seinen Armen, ihre Gliedmaßen ineinander verschränkt.

Hoover dachte an die alte Leidenschaft, und die Erinnerung traf ihn wie ein harter Schlag ins Gesicht. Er ließ sich auf dem Bett zurückfallen und versank in der Erinnerung an vergangene erotische Stunden. Dem Laken haftete noch ihr Geruch an, schwach, aber wahrnehmbar. Er atmete ihn ein, sog ihn in seine Lungen auf wie Zigarettenrauch und atmete dann tief aus. Er dachte an Allison, vermißte sie entsetzlich, und dafür haßte er sich nur noch mehr.

An der Wand gegenüber des Bettes hing ein hoher Spiegel. Er hatte sich und Allison viele Male bei ihren lustvollen Spielen beobachtet.

Aber irgend etwas an dem Spiegel war anders. Hoover stand auf und betrachtete ihn genauer. Ein Lichtpunkt spiegelte sich in der Scheibe, ein heller Fleck, der aus dem Zimmer nebenan zu kommen schien.

»Hey, Max.« Coolidge betrat den Raum. »Sieh dir das an. Das ist das Zimmer, in dem der Film gedreht wurde.«

Seine Stimme hallte laut in der Stille wieder, als würde er eine heilige Stätte entweihen. Er sah sich um und ließ den Blick über das Bett und den Spiegel schweifen. Coolidge hob das Photo auf und betrachtete es eingehend.

»Glaubst du, das ist das Mädchen, das wir im Valley gefunden haben, Max?« Er hielt das Photo ins Licht, um es besser sehen zu können. »Komisch, findest du nicht?«

»Was ist komisch, Ellery?«

»Sich Photos von Leuten anzusehen, die nicht mehr leben«, entgegnete Coolidge. »Ich meine, das Mädchen das gestorben ist, war dem kleinen Mädchen auf diesem Photo unbekannt. Als die Aufnahme gemacht wurde, wußte die Kleine noch nicht, was sie noch alles tun, was noch alles passieren würde. Die Kleine hier kannte die Tote nicht besser als wir ...«

Hoover nickte. »Wir müßten noch mehr herausfinden. Ich brauche den Schlüssel zum Apartment nebenan.«

»Okay, Max. Relyea hat vom Manager sämtliche Schlüssel bekommen«, entgegnete Coolidge und ging voraus, hinaus auf die Galerie.

Relyea erwartete sie bereits. »Der Manager sagte, dieser Jimmy Fields wäre ihr bester Freund gewesen.« Relyea warf einen Blick in sein Notizbuch. »Der Typ sagte, er hätte die beiden schon eine ganze Woche nicht mehr gesehen.«

Jimmy Fields Apartment war vom Schnitt her identisch mit dem von Allison Pond und ebenso gründlich durchsucht worden. Jimmy Fields mußte eine Schwäche für Kleidung gehabt haben, wie sich anhand der Unmengen von Kleidungsstücken, die auf dem Boden aufgehäuft worden waren vermuten ließ. Der Schrank war vollständig geleert und systematisch auseinandergenommen worden.

»Was immer sie gesucht haben«, sagte Relyea mit einem Blick auf die Verwüstung, »es war ihnen sehr wichtig.«

»Und sie waren keine Amateure. Sie haben beide Wohnungen auf den Kopf gestellt, ohne daß irgend jemand etwas davon mitbekommen hätte«, meinte Coolidge. »Das waren richtige Profis. Sie haben sogar daran gedacht, im Kühlschrank nachzusehen.«

Hoover trat an die Verbindungswand zu Allison Ponds Apartment. Am anderen Ende befand sich der Spiegel, der von dieser Seite gar keiner war und durch den man etwas verschwommen ihr durchwühltes Schlafzimmer sah.

»Es ging um Filme«, sagte Hoover. »Filme wie den, der uns zugeschickt wurde.«Auf dem Boden lag ein hölzernes Stativ, die Kamera zertrümmert gleich daneben. Hoover bückte sich, hob die Kamera vom Boden auf und sah durch den Sucher. An der Linse drehend, richtete er die Kamera auf den Spiegel. In Allisons Schlafzimmer sah er Hall stehen. Er stand da, als würde er sein Spiegelbild betrachten.

Hoover legte die Kamera aus der Hand und verließ abrupt das Zimmer. Auf der Galerie blieb er stehen, beugte sich über das Geländer, atmete mehrmals tief durch und versuchte, der Flut von Gefühlen in seinem Inneren Herr zu werden.

»Max, alles in Ordnung?« fragte Hall.

»Ich konnte keine Sekunde länger dort drin bleiben«, entgegnete Hoover. »Einen Moment war mir, als bekäme ich keine Luft mehr.«

»Möchtest du eine Zigarette?« Hall holte eine Packung Luckies aus der Tasche.

»Ja ...« Hoover nahm sich eine, zündete sie an und sog gierig den Rauch ein, als wäre er irgendwie nahrhaft.

»Also erzähl«, forderte Eddie Hall ihn in nüchternem Tonfall auf. »Wie lange hattest du ein Verhältnis mit ihr?«

Hoover erkannte, daß es zwecklos gewesen wäre, es noch länger verheimlichen zu wollen. »Ein halbes Jahr«, erwiderte er leise. »Ich bin sechs Monate lang bei ihr gewesen, so oft ich konnte.«

»Himmel«, brummte Hall. »Das bedeutet, daß er auch von dir Aufnahmen hat.«

Hoover nickte. »Anzunehmen...«

Coolidge und Relyea kamen aus Jimmy Fields Wohnung.

»Hey, glaubt ihr nicht auch, daß dieser Fields vom anderen Ufer ist? An den Wänden hängen ziemlich schwule Bilder. Nackte Kerle und ...« Coolidge verstummte abrupt. Hoovers und Halls Mienen war anzusehen, daß das Geständnis ausgesprochen worden war.

»Jesus!« rief Coolidge aus. »Du hattest was mit ihr, stimmt's, Max?«

Hoover biß sich auf die Lippen und nickte. »Das ist richtig, Ellery.«

»O Mann ... Wie ist es denn überhaupt dazu gekommen?« fragte Coolidge.

Hoover holte tief Luft. »Erinnert ihr euch an Kenny Kamins ...?« fragte er.

Kapitel 12

Niemand, der wußte, was in jener Nacht vor anderthalb Jahren passiert war, konnte Kenny Kamins vergessen. Er besaß eine schicke, teure Wohnung, ein Penthaus in Westwood, das mit Mafiageldern finanziert worden war. Kenny Kamins hatte im Auftrag der Mafiosi aus dem Osten zwei Gewerkschaftsbüros kontrolliert und sich ein einträgliches

Zubrot damit verdient, daß er Junkies in der ganzen Stadt mit Stoff versorgt hatte, von Filmstars bis hin zu den armen Schweinen in Downtown.

Kenny gab sein Geld gern für Partys aus und organisierte entsprechend oft welche. Es war immer das gleiche: reichlich zu trinken, haufenweise hübsche Mädchen, einige Filmleute und zahlreiche von Kenny Kamins präsentableren Gangsterfreunden.

Hoover und seine Jungs standen nicht auf der Gästeliste. Aber sie gingen trotzdem hin, marschierten einfach herein, als wären sie die Ehrengäste. Jeder Gangster im Raum wußte, wer sie waren – es konnte bloß keiner von ihnen fassen, daß sie *da* waren.

»Wer hat euch denn eingeladen?« fragte einer der schweren Jungs.

»Schnauze. Wo ist Kamins?«

»Noch nie von ihm gehört«, entgegnete der Gangster.

Peng! Relyea verpaßte ihm einen so harten Haken, daß er in sich zusammenfiel wie ein Sack Kartoffeln.

»Ich schätze, die Damen haben auch noch nie von ihm gehört«, meinte Coolidge.

Ein Dutzend Schönheiten schüttelten den Kopf. Tatsächlich wußten die meisten von ihnen nicht, wer ihr Gastgeber war. Sie gingen dorthin, wo ihre Madame sie hinschickte.

Die vier Cops bahnten sich einen Weg durch die Menge. »Wo ist das Buffet?« fragte Coolidge.

Zwei Gangster mit bildhübschen Begleiterinnen standen neben dem Tisch, auf dem das Buffet aufgebaut war. Einer der Gangster trug eine Sonnenbrille – obwohl es weit nach Mitternacht war –, weil er das einmal bei Dean Martin gesehen hatte.

Als Coolidge anfing, sich an einer Kaviarplatte gütlich

zu tun, packte der Typ mit der Sonnenbrille ihn bei den Schultern.

»Was wollt ihr Typen hier?« fragte er.

»Wo ist Ihr Durchsungsbefehl?« wollte sein Kumpel wissen.

Coolidge häufte zentimeterdick Kaviar auf einen Kräkker und schob sich den Happen mit nachdenklicher Miene in den Mund. »Wißt ihr, ihr klingt nicht so, als wärt ihr von hier. Seid ihr vielleicht zufällig aus New York?«

»Und was, wenn?«

»Das ist witzig«, sagte Coolidge schluckend. »Ich bin selbst aus New Jersey.«

»Das interessiert mich einen Scheißdreck.«

»Tut mir leid«, sagte Coolidge. Dann verpaßte er dem Gangster einen Faustschlag auf die Brille, deren Gestell und Gläser zersplitterten und die Haut zerschrammten. Dann griff Coolidge sich blitzschnell ein Glas Martini vom Tisch und rammte es dem zweiten Mafioso mitsamt dem Gin und der Olive ins Gesicht, wobei das Glas zerbrach, als es auf Knochen traf.

Als Blut hervorquoll und die beiden Gangster die Hände vor ihre zerschnittenen Gesichter schlugen, fingen die Frauen im Raum an zu schreien. Coolidge schien ehrlich überrascht von der Reaktion, trat zurück und zuckte die Achseln, als hätte er unbeabsichtigt einen unverzeihlichen, gesellschaftlichen Fauxpas begangen.

»Coolidge!« brüllte Hoover. »Beruhige dich, ja?«

»Okay okay«, sagte Coolidge. »Entspannt euch alle. Es ist niemandem ernsthaft etwas passiert. Hey, Max, der Typ hat angefangen.«

»Relyea, gib ihm was zu trinken«, befahl Hoover. »Ellery, ich will, daß du die Hände um etwas legst, an dem du keinen Schaden anrichten kannst.«

»Was hättest du denn gern?« fragte Relyea, trat hinter

die Bar und schob einen schmalen, gutaussehenden und gutgekleideten jungen Mann beiseite, den er später als Jimmy Fields kennenlernen sollte.

Coolidge blickte auf die zwei blutenden Gangster. »Zu Ehren des Besuchs der beiden Gentlemen in unserer schönen Stadt hätte ich gern einen Manhattan.«

Hall lachte und ging zu einem der Mädchen hinüber. »Honey, sagte er, »ich glaube, du müßtest schon längst im Bett sein...«

Hoover ging den Wohnungsflur hinunter und blieb vor einer verschlossenen Tür stehen. Vorsichtig öffnete er sie und trat ein. Es war Kenny Kamins Schlafzimmer, ein luxuriöses Liebesnest , dekoriert mit schwarzer Seide und Zebrafellen. Das Bett war riesig, und an der Decke darüber war ein Spiegel angebracht. Die Dekoration entsprach genau dem schlechten, überladenen Geschmack, den Max Hoover bei einem Typen wie Kamins erwartet hatte.

Es war niemand im Zimmer aber er konnte Stimmen aus dem pompösen Wohnzimmer nebenan hören. Mit aller gebotenen Vorsicht warf Hoover einen Blick durch die Tür und sah drei Personen: Kenny Kamins in einem eleganten Smoking und zwei atemberaubend schöne Mädchen. Die eine der beiden jungen Frauen war in den Zwanzigern, mit dunklem Haar und grünen Augen. Die zweite, die hinter der Schwarzhaarigen stand, als würde sie von ihr abgeschirmt, war noch ein Kind. Hoover schätzte sie auf höchstens dreizehn.

»Das kannst du nicht mit ihr machen«, sagte die ältere Frau bestimmt. »Sie ist doch noch ein Kind.«

»Das warst du auch mal, Püppchen«, entgegnete Kamins. »Und sieh selbst, was für eine Schönheit aus dir geworden ist.«

Hoover schlich sich ein wenig näher heran. Kamins

stand mit dem Rücken zur Tür. Hoover konnte jetzt sehen, was vor sich ging – auf dem Tisch neben der Tür lag ein vollständiges Heroinbesteck mitsamt einer großen Spritze, deren Zylinder mit der Droge gefüllt war.

»Du bist der letzte Abschaum«, sagte die ältere Frau angewidert. »Weißt du das, Kenny?«

Das Mädchen hinter ihr wimmerte.

Kenny Kamins gingen die schlauen Sprüche aus. »Rede nicht so mit mir, du kleines Flittchen.« Er schlug der Frau ins Gesicht, so hart, daß seine Hand einen roten Abdruck auf der makellosen milchigen Haut hinterließ. Aber sie schlug, ohne zu zögern, zurück und versetzte Kamins eine schallende Ohrfeige. Kamins griff nach der Spritze und bedrohte die Frauen damit.

Die Frau hatte offensichtlich keine Ahnung, in welcher Gefahr sie schwebte. Hoover betrat den Raum. Die Frau sah ihn zuerst. Kamins folgte ihrem Blick und wirbelte herum. Als er Hoover sah, ließ er die Spritze fallen.

»Kenny, Kenny, Kenny ...« Hoover schüttelte bedächtig den Kopf wie ein enttäuschter Vater, der seinen Sohn dabei erwischt, wie er heimlich eine verbotene Zigarette raucht. »Was sollen wir nur mit dir machen?«

»Hören Sie, Hoover«, entgegnete Kamins. »Das ist eine private Party. Wo ist Ihr Durchsuchungsbefehl?«

»Warum fragen nur alle nach dem blöden Wisch«, sagte Hoover und suchte in seinen Taschen. Seine Züge erhellten sich.

»Ich habe das hier.« Er zog einen schwarzen Totschläger aus seiner Tasche. Es war eine kleine, flache, gefährlich aussehende Waffe aus Leder und Stahl. »Erinnerst du dich daran, Kenny? Ich glaube, du hattest schon einmal das Vergnügen ...«

Kennys Augen weiteten sich, und plötzlich stürzte er

sich auf eine kleine silberne Pistole in einem Regal. Aber er war nicht schnell genug. Hoover ließ den Totschläger auf Kamins Hand herabsausen. Sorgfältig manikürte Finger knackten und zerbrachen wie Salzstangen.

»Gott im Himmel!« kreischte Kamins, drückte die verletzte Hand an den Bauch und krümmte sich. Hoover packte ihn, schleuderte ihn zu Boden und nagelte ihn dort fest. Dann hob er die Spritze vom Boden auf und hielt sie wie einen Dolch.

»Schnee, H, Schwarzer Teer, Mexikanischer Dreck ... Wie nennst du dieses Bonbon, Kenny?« fragte Hoover. »Es gibt so viele Namen dafür ... Erdnußbutter, Partygirl, Hundefutter ... Fallen dir vielleicht noch ein paar andere Namen ein, Kenny?«

»Sie sind ja irre, Hoover«, knurrte Kamins zähneknirschend. »Völlig abgedreht.«

Hoover warf den Mädchen einen Blick zu. »Verschwindet von hier.«

Die Ältere nickte und brachte das Mädchen hinaus.

»Was sagst du, Kenny ...?« flüsterte Hoover. »Was hältst du davon, wenn wir zwei unsere eigene kleine Party feiern? Dir schien doch soviel daran gelegen, deinen Gästen davon zu verabreichen. Warum nimmst du nicht selbst eine Kostprobe?«

Kamins schwitzt jetzt Blut und Wasser. »Ich rühre das Zeug nicht an, Hoover«, sagte er hastig. »Das weißt du.«

Lautlos schlich die Frau sich zurück ins Zimmer und beobachtete Hoover und Kamins von der Tür aus.

»Das wollen Sie sicher nicht mit ansehen«, sagte Hoover.

Die Frau nickte. »Doch, das will ich.«

Kamins verdrehte die Augen und versuchte sie anzusehen. »Himmel ... Allison, ruf die Cops.«

»Ich bin Cop, Kenny ...«

Hoover drehte den Kopf des Mannes auf die Seite, so daß

dessen Halsschlagader hervortrat. Kamins wehrte sich nach Kräften, vermochte jedoch nicht, sich aus Hoovers eisernem Griff zu befreien. Seine Augen quollen aus den Höhlen.

»Hoover! Was wollen Sie? Wollen Sie Geld?«

Hoovers Antwort war denkbar simpel. Er stach die Nadel in Kamins hervortretende Ader und injizierte ihm den gesamten bräunlichen Inhalt. Das Heroin strömte durch Kamins Blutkreislauf und traf sein Gehirn wie eine Abrißbirne. Kamins verdrehte die Augen, bäumte sich auf und fing an, unkontrolliert zu zittern. Hoover erhob sich langsam und musterte die Frau.

»Sind Sie immer so einfallsreich, wenn Sie für Gerechtigkeit sorgen?« fragte sie kühl.

»Das ist Bestandteil meiner Arbeit«, entgegnete Hoover.

»Sie hatten mit Ihrer Methode mehr Erfolg als ich ...« Sie blickte auf Kenny Kamins herab, der immer noch von Zuckungen befallen war. »Zigarette?« Sie klappte ein schmales silbernes Zigarettenetui auf.

Er nahm sich eine und beugte sich vor, damit sie ihm Feuer gab. Hoover blies den Rauch aus und bot ihr die brennende Zigarette an.

Die Frau schüttelte den Kopf. »Jetzt nicht. Das betäubt die Nerven.«

»Dann sind Sie gern nervös?«

»Ich bin nicht gern betäubt.«

»Also ... wer sind Sie?«

»Das erfahren Sie nicht, indem Sie mich töten.«

»Sie töten? Warum sollte ich Sie töten wollen?«

Die Frau blickte auf Kenny Kamins herab. »Sie scheinen eine Schwäche dafür zu haben.«

»Er ist nicht tot ... Sagen Sie mir, wie Sie heißen.«

»Allison Pond ...«

Und so hatte es angefangen. Sie war schön und leidenschaftlich, und Max hatte nicht die Kraft, der Wollüstigkeit ihrer sexuellen Beziehung zu widerstehen. Sie war gelassen, furchtlos und frei von Tabus. Max war einfach überwältigt von ihrer Schönheit und Leidenschaft.

Noch Jahre später fragte sich Hoover, ob er Kenny Kamins getötet hatte, nur um sie zu beeindrucken.

Die Erinnerung machte ihn traurig, ihr Tod ein unerträglicher Verlust. Die strahlende Sonne Kaliforniens, das Gelächter der hübschen Mädchen um den Pool herum, seine Frau, seine Freunde ... Ihm kam es vor, als würde er niemals wieder glücklich sein können.

»Warum hast du dich in sie verknallt, Max?« fragte Coolidge.

»Weil ich schwach war«, entgegnete er.

Kapitel 13

Sie saßen alle wieder an ihren gewohnten Plätzen im Buick. Max fuhr, und Coolidge hatte kein Wort dazu gesagt. Allerdings wollte er mit Hoover über andere Dinge sprechen.

»Darf ich dich etwas fragen, Max?«

»Worum geht's denn?«

»Um deine ... Um das, was passiert ist ...«, entgegnete Coolidge, der sich plötzlich vorkam wie ein Voyeur. »Was hat Katherine dazu gesagt? Ihr seid noch zusammen, ihr müßt also damit fertiggeworden sein ...«

Hoover schwieg und warf Coolidge im Rückspiegel einen vorwurfsvollen Blick zu.

»Du *hast* es ihr doch gesagt, oder?«

»Coolidge«, sagte Hall. »Laß gut sein ...«

»Nein«, sagte Hoover. »Sie weiß nichts davon ...«

»Wie hat sie reagiert, als du Schluß gemacht hast?« fragte Hall. »Hat sie dir eine Szene gemacht?«

Hoover schüttelte den Kopf. »Nein, sie sagte, daß sie es verstünde. Sie sagte, es wäre schön gewesen mit uns ...«

»Und dann ist sie einfach gegangen?« fragte Relyea.

»Ja, gewissermaßen ...«, entgegnete Hoover. »Sie hat ein paarmal angerufen, aber es war sinnlos. Wenn ich sie wiedergesehen hätte, hätte ich Katherine verlassen, und dieses Risiko wollte ich nicht eingehen.«

»Du hättest sie niemals verlassen«, beharrte Coolidge. »Ich kann nicht glauben, daß du eine Frau wie sie verlassen hättest.«

»Das kann man nie wissen, Ellery. Das wirst du erst verstehen, wenn du einmal in der gleichen Situation warst.«

»Letzte Woche hat sie eine Nachricht für mich hinterlassen, mit der Bitte, sie zurückzurufen«, sagte Hoover traurig. »Natürlich habe ich sie nicht angerufen ... Jetzt wünschte ich, ich hätte es getan.« Der Gedanke daran, daß Allison in Gefahr gewesen war und er ihr hätte helfen können, machte ihn krank.

»Vielleicht ging es um etwas ganz anderes«, meinte Hall, bemüht, Hoover die Schuldgefühle zu nehmen.

»Max«, sagte Relyea. »Die Narben an ihren Handgelenken ... Die, die Milt und Bobby bei der Autopsie erwähnt haben ...«

»Was für Narben?« fragte Coolidge.

Relyea fuhr mit dem Zeigefinger über sein linkes Handgelenk.

»Davon wußte ich nichts«, sagte Hoover. »Ich schätze, das war ein wenig später.«

»Es heißt, das wäre ein Hilferuf«, meinte Coolidge. »Das hat meine Psychiaterin mir gesagt.«

»Sie hat nicht nach mir gerufen, sondern nach Jimmy Fields«, sagte Hoover.

»Der Typ mit der Kamera«, bemerkte Hall. »Du sagtest doch, er wäre schwul, oder?«

»Du hättest mal seine Wohnung sehen sollen«, rief Coolidge aus dem Fond. »Schwul ist gar kein Ausdruck.«

»Der Kerl will dich doch nicht ausquetschen, oder?« fragte Relyea. »Hätte er den Nerv, das zu versuchen?«

Hoover schüttelte den Kopf. »Nein. Er hat zu große Angst.«

»Wir könnten ihm einen Besuch abstatten«, sagte Relyea. »Nur um ganz sicherzugehen, daß er nicht auf dumme Gedanken kommt.«

»Ich dachte, damit wäre Schluß«, protestierte Coolidge. »Wir haben uns doch geeinigt, daß es keine Ausflüge nach Mulholland Falls mehr geben wird.«

»Halt die Klappe, Ellery«, knurrte Eddie Hall. In Halls Augen waren die Mulholland-Falls-Aktionen eine überaus wirkungsvolle Maßnahme in der Verbrechensbekämpfung. Der Umstand, daß es sich hierbei ebenfalls um ein Verbrechen handelte, stand auf einem anderen Blatt. Aber Eddie Hall bereitete dies so oder so kein Kopfzerbrechen.

»Vergiß es, Ellery«, sagte Hoover. »Es wird nicht dazu kommen. Jedenfalls nicht bei Fields. Er ist nicht das Problem. Er hat Angst, aber nicht vor mir, das könnt ihr mir glauben.«

»Aber mir machst du angst«, meinte Hall.

»Witzbold«,entgegnete Hoover und lächelte zum erstenmal an diesem Tag.

Hall musterte Hoover aus zusammengekniffen Augen beinahe herausfordernd. Relyea und Coolidge tauschten einen Blick. Hoover rauchte seine Zigarette zu Ende und schnippte sie aus dem Wagenfenster.

»Hat von euch schon mal jemand den Namen General Thomas Timms gehört?« fragte Hoover und griff nach der nächsten Zigarette.

»Du rauchst zu viel«, bemerkte Coolidge.

»Du ißt zu viel«, entgegnete Hoover.

»Timms?« sagte Relyea. »Ja, ich habe von Thomas Timms gehört. Was ist los mit euch, lest ihr keine Zeitung?«

»Ich habe kürzlich gelesen, daß das Gerücht umgeht, die Dodgers würden von Brooklyn hierher übersiedeln«, sagte Hall. »Das nenne ich eine Neuigkeit.«

»Und ich nenne das völligen Blödsinn«, sagte Coolidge nachdrücklich. »Du weißt so gut wie ich, daß die Dodgers Brooklyn nicht eher verlassen werden, als daß Horden kleiner grüner Männchen aus Raumschiffen hopsen und verlangen: »›Bringt uns zu eurem verdammten Anführer‹.«

»Was weißt du über Timms, Arthur?« fragte Hoover, die Kontroverse Brooklyn versus Los Angeles Dodgers ignorierend. »Erzähl es mir.«

»Timms ist einer der Erfinder der A-Bombe«, erklärte Relyea. »Er war von Anfang an beim Manhattan-Projekt dabei. Erst in New York, dann oben in Los Alamos in New Mexico. Er wurde erst im vergangenen Jahr zum Leiter der Atomic Energy Commission berufen. Jetzt ist er der General der Generäle, Thomas Timms.«

»Im Ernst?«

»Nein. Das war nur Spaß.«

»Kindskopf«, knurrte Hall.

»Also«, sagte Hoover, »wir haben ein totes Mädchen namens Allison Pond und sieben Minuten Film, auf denen die Tote unter anderem mit diesem General Timms zu sehen ist. Stellt sich die Frage, was wir als nächstes unternehmen.«

Coolidge, Hall und Relyea schwiegen eine Weile und grübelten über den Fall nach. Die Stille wurde schließlich von einem treffenden Kommentar Eddie Halls unterbrochen.

»Ich würde sagen, wir haben ein Problem, Max.«

Hoover trat aufs Gas, und der Buick beschleunigte mit einem dumpfen, kraftvollen Aufdröhnen des V8-Motors.

»Wohin fahren wir, Max?« fragte Relyea.

»Zurück zum Revier.«

»Wie langweilig«, brummte Eddie Hall

»Ich möchte zwei Beamte in Uniform schicken, den Schwulen zu holen.«

»Du weißt, wo er steckt?«

»Ja. Er versteckt sich am Strand.«

Kapitel 14

Hoover und Fields saßen sich in einem schäbigen, nackten Verhörzimmer des zentralen Polizeireviers in Downtown Los Angeles gegenüber. Zwischen ihnen stand ein voller Aschenbecher, und die Luft in dem engen Raum war stickig vom blauen Dunst, in den sich der Geruch von Schweiß und Angst mischte.

Fields zog an seiner Zigarette und schnitt eine Grimasse. »Ich wünschte, Sie würden Old Golds besorgen«, sagte er.

»Was glauben Sie, wo Sie hier sind?« entgegnete Hoover. »Im *Biltmore*?«

Fields blickte sich in dem unansehnlichen winzigen Raum um. »Dieses Dreckloch würde ich niemals mit dem *Biltmore* verwechseln, Hoover.« Er seufzte schwer, entfernte den Filter von seiner Zigarette und schob sie sich wieder zwischen die Lippen. Es war offensichtlich, daß die Männer schon längere Zeit beisammensaßen.

»Wie lange wollen Sie mich hier noch festhalten?« fragte Fields. »Sie können mich nicht gegen meinen Willen festhalten.«

»Doch, das kann ich«, erwiderte Hoover. »Jimmy, ich kann tun, was mir gefällt. Machen Sie nicht den Fehler zu glauben, dem wäre nicht so. Ich kann Ihnen alles anhängen, was ich will. Ich könnte Sie wegen des Mordes an Allison Pond auf den elektrischen Stuhl bringen.« Hoover zog an seiner Zigarette. »Vermutlich könnte ich Sie sogar auf das Attentat auf Lincoln festnageln.«

»Aber ... das ist Manipulation von Beweismitteln. Das können Sie nicht tun! Das ist illegal. Damit würden Sie niemals durchkommen.«

Hoover schüttelte den Kopf. »Wann kapieren Sie endlich, Jimmy? Wir sind hier in Los Angeles. Die Polizei hat absolut freie Hand, solange die feinen Leute in ihren feinen Häusern nicht von Leuten wie Ihnen belästigt werden.«

»Ich habe Rechte!« protestierte Jimmy.

»Nein, haben Sie nicht, Jimmy. Haben Sie nicht.« Hoover drückte seine Zigarette aus. »In der Sekunde, in der Sie das erstemal Sex mit einem Mann hatten, Jimmy, haben Sie sich mir ausgeliefert ...« Hoover lehnte sich zurück und musterte Jimmy. »Wissen Sie, Sie haben recht. Das Lincoln-Attentat könnte ich Ihnen wohl doch nicht anhängen, wahrscheinlich nicht einmal die Entführung des Lindbergh-Babys. Aber ich könnte Sie für Sodomie zweiten Grades rankriegen und

Sie Richter Gamel vorführen – ein Pfeiler der Gemeinde und allseits bekannter Schwulenhasser –, und der würde Sie zu drei Jahren Knast verdonnern.« Hoover nahm eine weitere Zigarette aus der Packung und zündete sie an. »Werden Sie jetzt mit uns zusammenarbeiten oder nicht?«

»Ich kooperiere doch bereits.«

»Falsche Frage«, sagte Hoover. »Mein Fehler. Ich hätte es anders formulieren müssen. Werden Sie endlich die Wahrheit sagen? Werden Sie mir geben, was ich will?«

Jimmy Fields kicherte. »Das klingt ja fast wie ein unsittlicher Antrag.«

Hoover gestattete sich ein Lächeln. »Kommen Sie, Jimmy. Sie wissen, was ich meine.«

»Okay.«

»Gehen wir es noch einmal durch ... Was hat sie gesagt?«

Fields tiefer Seufzer verriet, daß er die Prozedur gründlich leid war. »Sie sagte, sie würden ausreiten. Sie und der General.«

»Und wohin wollten sie reiten?«

»Zum Testgelände«, entgegnete Fields. »Irgendwo weit draußen in der Wüste.«

»Und sie wirkte weder nervös noch eingeschüchtert? Hatte es den Anschein, als würde sie irgend etwas beunruhigen?«

Fields grinste spöttisch. »Ich habe den Eindruck, daß Sie sie nicht allzu gut gekannt haben, Hoover. Allison hatte vor nichts Angst ...« Nach kurzer Überlegung verbesserte er sich. »Nein, das stimmt nicht ganz. Sie hatte panische Angst vor dem Alleinsein.«

»Das wußte ich nicht.«

»Es gibt vieles, was Sie nicht wissen ... Sie hat sich nicht vor Timms gefürchtet, hätte es aber tun sollen. Sie dachte, er würde sie beschützen.«

»Wenn sie glaubte, daß sie beschützt wurde, was wollte sie dann von mir?« fragte Hoover.

Fields lachte boshaft. »Ich schätze, das werden wir wohl nie erfahren, nicht wahr?«

Hoover saß da wie erstarrt. Fields Lachen verstummte abrupt. »Er hat sie getötet.«

»Was veranlaßt Sie zu dieser Annahme?«

»Sie haben den Film gesehen«, entgegnete Fields. »Verraten Sie es mir.«

»Ich bin neugierig, Fields«, sagte Hoover. »Warum haben Sie diese Filme gemacht? Erpressung? War das Ihr Hintergedanke?«

»Ich habe daran gedacht«, erwiderte Fields. »Ich dachte, es wäre nett, eine kleine Rückversicherung für schlechte Zeiten zu haben ...«

Hoover holte aus und schlug ihm mit der flachen Hand ins Gesicht. »Ich will, daß Sie mir die Wahrheit sagen, Jimmy.«

Jimmy legte eine Hand auf die schmerzende Wange und senkte den Blick. »Warum haben Sie das getan?«

»Sagen Sie mir, warum Sie diese Filme gedreht haben.«

»Dadurch hatte ich das Gefühl, teilzuhaben ...«, entgegnete Jimmy leise. »Sie wissen schon ... Es hat mir Spaß gemacht, mir die Männer anzusehen, wie sie in Fahrt kamen.«

»Sie haben auch mich gefilmt, richtig?« wollte Hoover wissen. »Was ist aus dieser Aufnahme geworden?« Der Gedanke, daß Jimmy Fields seinen Voyeurismus an ihm befriedigt hatte, machte ihn nervös.

»Das ist die große Frage, nicht wahr? Als Allison nicht aus der Wüste zurückkam, fuhr ich zurück nach Hause. Sie hatten die Wohnung auf den Kopf gestellt und alle Filme mitgenommen bis auf den, den ich Ihnen geschickt habe. Der war noch im Labor.«

»Und genau auf diesen Film waren sie aus«, sagte Hoover. »Aber das alles beweist noch nicht, daß Timms sie getötet hat.«

Fields hob in einer Unmutsbekundung beide Hände. »Was brauchen Sie denn noch, Hoover? Ein Geständnis? Sie wissen von dem Film – das haben Sie selbst bestätigt. Timms war der letzte, der sie lebend gesehen hat. Sie ist tot. Sie haben sie da draußen umgebracht.«

»Sie ist nicht in der Wüste gestorben«, entgegnete Hoover. »Sie ist hier gestorben, nicht weit von LA entfernt.«

Fields war sichtlich verblüfft. »Wie bitte?«

»Sie haben mich schon richtig verstanden.«

Fields brach den Filter einer weiteren Zigarette ab und zündete sie an. Hoover registrierte, daß die Hand, mit der Fields das Streichholz hielt, zitterte.

»*Sie* waren der letzte, der sie lebend gesehen hat«, sagte Hoover und beugte sich vor. »Woher soll ich wissen, daß nicht Sie der Mörder sind?«

Fields sprang auf. Er war hochrot im Gesicht. »Ich! Ich habe sie nicht getötet. Ich war ihr bester Freund! Ich habe sie geliebt. Ich habe mich um sie gekümmert, um Himmels willen. Ich habe mich um sie gekümmert, wenn Leute wie Sie sie benutzt und verletzt haben.«

»Hey, jetzt bleiben Sie mal auf dem Teppich«, sagte Hoover.

»Halten Sie die Klappe, Hoover!« brüllte Fields. »Sie wäre beinahe gestorben, als Sie sie haben sitzenlassen. Sie hat Sie geliebt, und Sie haben sie nur benutzt. Ihr Typen seid alle gleich. Ihr glaubt, daß ihr die Unschuldigen beschützt, aber tatsächlich trampelt ihr die Schwachen nieder und all jene, die euch im Weg stehen. Wissen Sie, ich habe mich geirrt. Sie haben sie doch getötet. Wenn jemand verantwortlich ist für Allisons Tod, dann Sie, Sie Mistkerl! Sie haben sie auf dem Gewissen!«

Fields Wut kochte über; und er verlor vollends die Beherrschung. Er stürzte sich auf Hoover und bearbeitete dessen Brust und Bauch mit Fausthieben. Hoover war jetzt ebenso zornig wie Fields. Er packte den kleineren jungen Mann und schleuderte ihn gegen die Betonwände des Verhörzimmers. Er bog Fields Kopf zurück und drückte ihm den Unterarm, der hart und schwer war wie eine Eisenstange, an die Kehle. Hoovers Gesicht war wutverzerrt, und es schien, als wäre er fest entschlossen, Jimmy Fields zu erdrosseln.

Die Tür wurde aufgerissen, und Coolidge, Relyea und Hall stürmten herein. Sie kamen nicht Hoover zur Hilfe, sondern wollten ihn davon abhalten, Jimmy ernsthaft zu verletzen. Sie rissen Hoover von ihm fort, und Jimmy sank auf die schmutzigen Fliesen. Nach Luft schnappend massierte er sich den Hals. Hoover trat zurück, brachte seinen verknitterten Anzug in Ordnung und versuchte, seinen Zorn unter Kontrolle zu bringen.

»Komm schon, Max«, sagte Coolidge, der zwischen Hoover und dem japsenden Jimmy Fields stand. »Reiß dich zusammen.«

»Ich bin okay«, sagte Max, aber seine Augen funkelten noch vor Wut, und er betrachtete Fields wie ein Raubtier seine Beute.

Hall und Relyea halfen Fields auf die Füße. »Sie sind ja wahnsinnig, Hoover«, krächzte Fields.

»Schnauze.« Hoover wandte sich an Hall. »Eddie, du und Relyea, ihr bringt ihn raus zum Strandhaus. Nehmt Earl mit. Wir werden den Kerl rund um die Uhr beschatten.«

»Und was ist mit dir?«

»Ellery und ich kommen später nach, okay?«

»Verstanden. Komm, Arthur.«

Coolidge folgte Hoover zurück ins Großraumbüro. »Du

solltest es rauslassen, Max«, sagte er. »Du solltest mit Katherine darüber reden ... Es ist doch verständlich, so etwas passiert eben. Jeder hat mal einen schwachen Moment.Es hilft, wenn man dazu steht.« Und dann, wie um seine eigene Schwäche kundzutun, setzte er sich an seinen Schreibtisch, griff nach dem riesigen Cornedbeef-sandwich, an dem er vor der Unterbrechung gegessen hatte, und biß hinein.

»Hat dein Psychiater das gesagt?« fragte Hoover langsam.

Ellery hatte den Mund so voll, daß er nur nicken konnte.

»Laß mich dir erklären, wie so etwas läuft, Ellery«, sagte Hoover, der fühlte, wie sein Zorn wieder aufflammte. »Es ist so: Du lernst eine Frau kennen, sie ist vielleicht ein wenig daneben, aber sie sagt die Wahrheit und handelt, wenn sie Zeuge eines Unrechts wird, und dafür magst du sie. Hast du das soweit verstanden?«

Coolidge schluckte hastig. »Hmm.« Er hielt das Sandwich noch in der Hand, aß jedoch nicht weiter.

»Eins führt zum anderen, und schließlich landest du mit dieser Frau im Bett.« Hoover schwieg eine Weile und sah Coolidge unverwandt in die Augen. »Das ist schwach, ich weiß, aber es tut niemandem weh. Wenn du aber hinterher nach Hause gehst und es deiner Frau beichtest, ist das nicht nur ebenfalls schwach, sondern dazu noch grausam.« Hoover legte erneut eine Pause ein, um seine Worte auf Coolidge wirken zu lassen.

»Das ist eine Weisheit, die dich nicht zwanzig Dollar die Stunde kostet, Ellery. Jeder hat sein eigenes Kreuz zu tragen.«

Ohne Vorwarnung holte Hoover aus und schlug Coolidge mit dem Handrücken das Sandwich aus der Hand.

Es flog erst heil durch die Luft, fiel dann auseinander, und Fleisch, Senf und Brot landeten verstreut auf dem Linoleum.

Hoover schüttelte sogleich den Kopf und bedauerte seine impulsive Handlung. »Tut mir leid, Ellery.«

»Mir auch, Max.«

»Vergiß es ... Ich besorge dir ein neues Sandwich.«

Kapitel 15

Nach dem Abwasch an diesem Abend nahm Max Hoover sich eine Flasche aus dem Kühlschrank und ging hinunter in den Keller. Er kramte den Projektor hervor und lächelte schuldbewußt, als er die Aufschrift auf dem Karton las: »*Eigentum des LA Police Department. Nicht aus dem Vorführraum entfernen.*«

Er legte die Filmspule ein und schaltete den Apparat an, die staubige weiße Kellerwand als Leinwand benutzend. Er sah sich den Film sehr aufmerksam an, die verwackelten Aufnahmen der Wüstenlandschaft, die seltsame Szene im Krankenhaus und auch die mit General Timms.

Hoover setzte die Bierflasche an und trank einen Schluck. Ohne den Blick von der Wand abzuwenden, lehnte er sich zurück, bis der Stuhl auf den zwei hinteren Beinen balancierte. Im flackernden Licht wirkte Max Hoovers Gesicht eingefallen und erschöpft, aber er war unfähig, den Blick von den Bildern zu lösen, die Erinnerung an Allison Pond aus seinen Gedanken zu tilgen.

Er hörte nicht wie Katherine hinter ihm eintrat.

Auf der improvisierten Leinwand war zu sehen wie Allison den Eiswürfel aus General Timms Glas fischte und an seinen Penis hielt. Sie beobachtete das Gesicht des Generals, während sie mit dem Eis über sein Glied fuhr, und genoß offensichtlich den Ausdruck angespannter Lust auf seinem Gesicht. Dann legte sie ihm die Hände auf die Schultern und drückte ihn herunter, bis er vor ihr kniete.

Katherine, die unmittelbar hinter ihrem Mann stand, starrte wie gebannt wortlos an die Wand. Ihre Augen waren geweitet.

Allison legte dem General die Hände auf den Kopf und drückte sein Gesicht zwischen ihre Schenkel. Sie lächelte auf ihn herab, die Augen strahlend und voller Zuneigung.

»Wer ist das?« fragte Katherine, ohne den Blick abzuwenden.

Hoover fuhr zusammen, als ihre Stimme ihn abrupt aus seiner Trance holte. »Das sind Beweismittel«, sagte er.

Katherine warf ihm einen raschen Blick zu und sah dann wieder auf die Leinwand.»Das Mädchen ... ist sie die Tote, die im Valley gefunden wurde? Die, der sämtliche Knochen gebrochen wurden?«

Hoover blickte wieder auf die Leinwand. Diesen Teil des Films hatte er noch nicht gesehen. Allison hatte jetzt die Finger in das Haar des Generals gekrallt und den Unterleib vorgeschoben, sichtlich erregt und dem Orgasmus nahe.

»Das ist sie«, sagte Hoover leise.

»Sie ist so schön«, entgegnete Katherine.

Auf der Leinwand stieß Allison einen stummen Lustschrei aus, und ihre Hüften zuckten und bebten....

Die Bilder verschwanden, aber die Spule drehte sich weiter, und das Filmende wirbelte lose durch die Luft. Wortlos ging Katherine hinaus. Hoover blickte ihr nach.

Katherine und Max waren den Rest des Abends sehr

still. Sie redeten nicht von dem Film, den sie gesehen hatten, sprachen weder über den Fall noch über Allison Pond.

Vor dem Schlafengehen stand Hoover mit nacktem Oberkörper vor dem Badezimmerspiegel und putzte sich die Zähne. Im Spiegel sah er, wie seine Frau hinter ihn trat. Sie hatte nur BH und Slip an, sonst nichts.

Sie trat näher, sah über seine Schulter, und ihre beiden Gesichter waren vom Spiegel eingerahmt. Ihre Finger massierten die verspannten Muskeln seiner Schultern. Dann neigte sie den Kopf und küßte ihn, während ihre Finger über seinen Brustkorb zu seinen Brustwarzen wanderten. Sie drückte und liebkoste sie, bis sie sich aufrichteten.

Sie beobachteten einander im Spiegel, während sie verführerisch mit seinen Brustwarzen spielte. Dann glitt eine ihrer Hände tiefer, über seine Hüfte zu seinem Glied. Hoover erschauerte, als ihre Finger sich um seinen Penis schlossen. Er atmete schwer.

Katherine ließ nun auch die zweite Hand abwärtsgleiten. Sie preßte die Brüste an seinen nackten Rücken und schlang die Arme fester um die Taille ihres Mannes. Sie blickten weiter in den Spiegel. Sie verführte ihn mit den Augen, und wie Allison in dem Film beobachtete sie seine Reaktion und genoß den Ausdruck der Ekstase, der sich auf seine Züge stahl. Genoß ihre Macht. Verführerisch befeuchtete sie ihre Lippen.

Plötzlich verlor Hoover die Kontrolle und überließ sich der Welle der Lust und Leidenschaft. Er wandte sich um, zog seine Frau an sich und küßte sie leidenschaftlich. Ihre Zungen trafen sich. Er drückte sie gegen den Türrahmen, und Katherine schlang die Beine um ihn und zog sich an ihm hoch.

Die Arme um sie gelegt und ihre Füße in seinem Rücken

verschränkt, wirbelte Hoover herum, verließ das Bad und durchquerte das Schlafzimmer. Als sie sich auf das Bett fallen ließen, wurden sie von animalischer Lust überwältigt. Fieberhaft entledigten sie sich ihrer wenigen Kleidungsstücke, und Hoover vergrub das Gesicht zwischen ihren wohlgeformten Brüsten. Sie drückte seinen Kopf fest an sich und stöhnte, als seine Zunge über ihre Brustwarzen strich. Dann ließ sie sich auf die Matratze zurücksinken und zog ihn mit sich.

Ihr Verlangen nacheinander war übermächtig. Sie spreizte die Beine, um sich ihm zu öffnen, und er drang in sie ein, vergrub sich tief in ihrer feuchten, weichen Öffnung. Katherines Hüften zuckten vor wie nach einem elektrischen Schlag, dann verschränkte sie die Fußknöchel hinter seinen Hüften, und ihre Hände fuhren fieberhaft über die harten Muskeln unter der inzwischen von Schweiß öligen Haut.

Die Intensität ihres gemeinsamen Höhepunktes überraschte sie beide. Katherine schnappte nach Luft und grub die Fersen in sein Kreuz, wand sich und preßte sich an ihn. Hoover ließ sich ermattet auf sie sinken und fuhr mit den Fingern durch ihr feines Haar.

Katherine lächelte im Halbdunkel und flüsterte ihrem Mann ins Ohr: »Weißt du, du solltest öfter Arbeit mit nach Hause bringen.«

Relyea prüfte sorgfältig die Schlösser an den Fenstern und Türen von Jimmy Fields' Strandhaus. Größtenteils waren die Riegel brüchig und verrostet von der salzigen Luft und würden niemanden aufhalten, der entschlossen war einzubrechen.

Eddie Hall lag ausgestreckt auf einer Rattancouch im Wohnzimmer und versuchte, das endlose Rauschen der Brandung auszublenden. Außerdem versuchte er, nicht auf Earls Stimme zu achten, der mit Fields in der angrenzenden Küche war. Verlockender Essensgeruch wehte zusammen mit Earls lauter Stimme herüber.

»Kochen ist eine Kunst, wissen Sie«, sagte Earl. »Ich wiege nichts ab – ich gebe die Zutaten nach Augenmaß und Farbe hinzu.«

»Und was ist das für eine Farbe?« fragte Fields.

»Ich wette, braun«, rief Hall aus dem Wohnzimmer.

»Natürlich ist es braun, du Schlaumeier«, rief Earl zurück. »Das ist Chili.« Earl wandte sich wieder an Fields. »Beachten Sie ihn gar nicht«, sagte er, würfelte mit erstaunlicher Geschicklichkeit eine Tomate und ließ sie von dem Schneidebrett in den Topf brodelnden Chilis auf dem altmodischen Gasherd gleiten.

»Diese Tomaten, das sind Hollywood Reds, die besten. Aber das wichtigste sind die Zwiebeln, damit darf man nicht geizen.« Er hielt eine Handvoll leuchtendgrüner Jalapeno-Schoten hoch und begann dann, sie fein zu zerhacken.

Fields war verwirrt. »Aber das sind doch keine Zwiebeln.«

»Nein, aber in der Army haben wir sie so genannt. Da habe ich auch Kochen gelernt.« Der Cop gab die scharfen Schoten in den Topf. »Hmmmm, riecht köstlich. Man muß einen guten Magen haben, um ein richtig gutes Chili zu vertragen ... das ist die Voraussetzung. Bei diesem Chili werden Ihnen Tränen in die Augen schießen.«

»Darf ich Sie etwas fragen?« sagte Fields.

»Schießen Sie los.« Fields musterte ihn von den ausgetretenen Schuhen über die viel zu weite, am Gesäß speckige Hose bis hin zu dem unförmigen Jackett und der ausgefransten Krawatte. »Sagen Sie, wie kommt es, daß die anderen so gut gekleidet sind und Sie in diesen Klamotten rumlaufen.«

Earl lachte. »Max Hoover hat den Anfang gemacht. Er war schon immer chic gekleidet. Die anderen sind einfach seinem Beispiel gefolgt.« Er drückte Fields eine Handvoll Besteck in die Hand. »Hier. Machen Sie sich nützlich. Dekken Sie schon mal den Tisch.«

Als Jimmy das Wohnzimmer durchquerte, ließ Eddie Hall ihn nicht aus den Augen, als erwarte er, daß der junge Mann plötzlich eine Waffe ziehen oder versuchen würde abzuhauen. Fields konnte die Feindseligkeit des Detectives beinahe körperlich fühlen.

»Würden Sie bitte die Schuhe von meinem Sofa nehmen«, sagte Fields im Vorbeigehen.

»Sie können mich mal«, knurrte Hall, schwang jedoch die Beine vom Sofa und setzte sich auf. »Ich begreife nicht, wie man am Strand wohnen kann. Das ständige Plätschern und Dröhnen der Wellen würde mich wahnsinnig machen.«

Relyea nickte zustimmend. »Da muß ich Eddie zustimmen. Ich höre beim Einschlafen lieber Motorengeräusche.«

Fields blickte auf den dunklen Ozean. »Ich finde es sehr beruhigend«, sagte er. »Wie übrigens die meisten Menschen. Vielleicht sind Cops da ja anders.«

Hall schnitt eine Grimasse. »Treiben Sie es nicht zu weit, Fields. Der einzige Grund, weshalb wir hier sind, ist der, daß Max es so gewollt hat. Wenn es nach mir ginge, würde ich Sie aus einem fahrenden Wagen werfen, nur um zu sehen, ob Sie wie ein Gummiball springen, klar?«

»Wissen Sie«, entgegnete Fields mit einem angewiderten Schnauben. »Sie sind wirklich ein Tier.«

Halls Stimme nahm einen härteren Klang an, und er erhob sich langsam. »Machen Sie nicht den Fehler, sich mit mir anzulegen, Jungchen. Ich könnte Sie über dem Knie zerbrechen wie einen dünnen Ast.«

Relyea stand ebenfalls auf und stellte sich zwischen die zwei Streithähne. »Okay, Jungs, beruhigt euch wieder. Verderbt uns diesen schönen Abend nicht ... Hey, Earl!«

»Was?« rief Earl aus der Küche.

»Wie steht's mit dem Chili?«

»Ist schon fertig«, sagte Earl und kam mit einem dampfenden Kessel aus der Küche. »Wie meine Tante Mabel immer sagte, das Auge ißt mit ...« Er stellte den Topf auf den Tisch, und die anderen drei Männer warfen einen Blick hinein.

»Das Auge ißt mit?« sagte Hall. »Sieht aus wie ein Eimer voll Schlamm.«

»Willst du meine Gefühle verletzen?« fragte Earl.

»Nein, woher denn«, entgegnete Hall. »Du und Coolidge, ihr solltet ein Restaurant eröffnen. Du kochst, und Coolidge ist der Gast.«

»Das Aussehen hat viel damit zu tun, wie es schmeckt«, erklärte Earl und blickte zufrieden auf seine Kreation herab.

»Dann muß das ja ein echter Genuß sein«, bemerkte Hall sarkastisch.

Alle bis auf Earl setzen sich, wobei Relyea und Hall ihre geheiligten Jacketts auszogen, aus Angst, ein Tropfen von Earls scharfem Chili könnte auf den feinen Stoff spritzen. Earl blieb stehen, um das Chili zu servieren.

Er nahm den ersten Teller und häufte einen Löffel heißes Chili darauf. In diesem Augenblick zerriß das Rattern schwerkalibriger Maschinenpistolen die Stille. Die Fenster zerbarsten in einem kristallenen Glasregen. Die ersten großen Scherben trafen Earl in die Brust und schleuderten den kräftigen Mann quer durch den Raum. Er war tot, noch bevor er schließlich reglos auf dem Boden liegenblieb.

Der Beschuß wurde fortgesetzt, und Kugelsalven schlugen überall im Raum ein. Fields war auf seinem Stuhl erstarrt, gelähmt vor Todesangst.

»Runter, Idiot!« Hall schwang den fleischigen Arm und stieß Fields von seinem Stuhl auf den mit Glassplittern bedeckten Boden.

Als weitere Salven ertönten, kippt Relyea den Eßtisch um, um sich damit ein wenig Schutz zu verschaffen. Die Kugeln zerfetzten alles. Der Putz spritzte von den Wänden, und die Glühbirnen der Deckenlampen zerplatzten. Dann schien für einen Augenblick Frieden einzukehren, aber in der plötzlichen Stille hörten sie irgendwo im Haus erneut Glas splittern.

»Was war das?« fragte Hall.

»Jemand bricht ein«, sagte Relyea und wollte sich aufrichten. Hall zog ihn zurück auf den Boden.

»Bist du verrückt? Wenn sie das Feuer wieder eröffnen, wirst du durchlöchert wie ein Sieb.«

»Gott im Himmel!« keuchte Jimmy Fields. »Was hat das zu bedeuten?«

Wieder fielen Schüsse, und diesmal schien der Beschuß noch intensiver. Relyea und Hall legten sich flach auf den Boden. Sie hatten ihre Dienstwaffen gezogen, konnten sich aber keinen Zentimeter aufrichten, ohne sich eine Kugel einzufangen.

Hall rollte sich einmal um die eigene Achse und schoß auf die letzte noch funktionierende Lampe im Raum. Abrupt wurde es um sie herum stockdunkel. Wieder gab es eine Feuerpause.

»Es ist vorbei«, sagte Fields.

»Schön wär's«, knurrte Hall. Er und Relyea robbten auf beiden Seiten an den Rand des umgestürzten Tisches und begannen zurückzuschießen. Fields konnte nicht anders. Er wirbelte herum und kroch auf Händen und Knien von den beiden Cops fort. Die Maschinenpistole ertönte erneut, und die Polizisten gingen in Deckung.

»Wo ist Fields hin?« rief Relyea.

»O Scheiße«, stöhnte Hall. »Ich muß ihn holen gehen.« Als das Feuer verstummte, stand er auf und lief durch das Haus. »Fields? Wo zum Teufel stecken Sie?«

Aber Jimmy Fields antwortete nicht. Dann hörte Hall draußen einen schweren Motor aufheulen. Das Dröhnen der Maschine entfernte sich rasch vom Strandhaus.

Relyea war bei ihm. Er hielt etwas in der Hand, das aussah wie ein Bündel alter Lumpen. »Was ist passiert?«

»Fields – sie haben ihn geschnappt.«

»O Scheiße«, knurrte Relyea. »Max wird stinksauer werden ...«

Hall blickte auf das verkohlte Tuch in Relyeas Hand. »Was zum Teufel ist das?«

Relyea hob denStoff hoch. »Das war mal mein Jackett«, sagte er. »Aber es wurde zerschossen...«

Hall lachte. »Bereite ihm ein würdiges Begräbnis, Arthur.«

»Also ... Ich habe eine schlechte Nachricht für dich, Eddie«, entgegnete Relyea. »Deins mußte auch dran glauben.«

Hoover traf kurz bei Morgengrauen im Strandhaus ein, als die Sonne langsam hinter den Bergen aufstieg. Es waren zahlreiche Cops vor Ort, und die Spurensicherung suchte jeden Quadratzentimeter Boden im Umkreis des Hauses ab und machte Gipsabdrücke von Reifenspuren in der Auffahrt. Jede Kugel wurde aus den Wänden entfernt – es waren so viele Geschosse, daß die Ballistiker für Wochen damit beschäftigt sein würden.

Earl lag noch dort, wo er gestorben war, und Hoover ging zu ihm hinüber; das Glas unter seinen Schuhen knirschte wie Kies. Er blickte auf Earl herab, dessen Brustkorb eine einzige blutige Masse war.

»O Earl ...«, sagte Hoover kopfschüttelnd. »Es tut mir so leid.«

Er ging zu Relyea und Hall nach nebenan.

»Also?« fragte er.

Die zwei Beamten sahen erschöpft aus, die Wangen mit Stoppeln bedeckt, die Augen tief in den Höhlen.

»Das mit Earl macht mir noch schwer zu schaffen«, sagte Hall.

»Er war auf der Stelle tot«, sagte Relyea und fuhr mit einer Hand über sein stoppeliges Kinn.

»Habt Ihr gesehen, wer Fields entführt hat?« fragte Hoover. »Habt Ihr überhaupt irgend etwas gesehen?«

»Ehrlich, Max, wir konnten überhaupt nichts erkennen«, sagte Hall. »Ich weiß nicht, was für Waffen sie hatten, aber es war schweres Geschütz, soviel steht fest. Ein schweres Maschinengewehr oder so was in der Art. Sieh dir doch an, wie es hier aussieht ...«

»Es war, als versuchten sie, eine B-17 abzuschießen«, fügte Relyea hinzu.

»Ich glaube, sie hätten uns am liebsten alle kaltgemacht«, sagte Hall, »und wenn das schon nicht ging, wollten sie uns wenigstens am Boden halten.«

»Und glaub mir, das haben sie«, meinte Relyea.

»Sie haben wie wahnsinnig drauflosgeballert. Sie hatten ein schweres Maschinengewehr und haben gefeuert, was das Zeug hielt ... Und mitten drin ist die Tunte durchgedreht und wollte sich aus dem Staub machen.«

Ein uniformierter Beamte steckte den Kopf zur Tür herein. »Lieutenant, Sie werden unten am Strand verlangt.«

Als die vier Cops die Dünen hinabstapften, sahen sie eine Gruppe von Uniformierten und Beamten der Spurensicherung, die um eine Leiche herumstanden.

»O Gott«, stöhnte Hoover. »Ich kann mir denken, wer das ist ...«

Jimmy Fields sah aus, als wäre er in einer ätzenden Flüssigkeit mariniert worden. Er war nackt, und sein Körper war zerschunden, als hätte man ihn ausgepeitscht und verprügelt.

»Er ist gerade angespült worden, Lieutenant«, sagte einer der uniformierten Cops.

»Wo sind seine Kleider?« fragte Relyea.

»Ob du es glaubst oder nicht, das Wasser zieht sie ihnen manchmal aus«, erklärte Hall, der in seiner Dienstzeit schon mache Wasserleiche gesehen hatte.

Relyea kniete sich hin und hob Jimmy Fields Kopf an. Das Einschußloch war nicht zu übersehen.

»Wenigstens wissen wir, daß er nicht ertrunken ist«, meinte Hoover.

Bobby und Milt, die beiden Coroner, blickten von Jimmy Fields geschundenem Leichnam auf dem Seziertisch zu Hoover auf. Beide Männer zuckten die Achseln.

»Was soll ich sagen, Max ... Sie haben ihm einen Lauf in den Mund geschoben und ihm den Hinterkopf weggeschossen.«

»Das ist bekanntermaßen tödlich«, bemerkte Bobby.

»Das war eine Hinrichtung«, sagte Hoover.

»Dann, würde ich sagen, waren die Zeugen für einige Zeit draußen«, sagte Bobby.

»Was soll denn das wieder heißen?«

»Er wurde ziemlich übel zugerichtet, bevor er starb«, erklärte Milt. Prellungen, Hautabschürfungen, Blutergüsse um den Hals ... Und das sind nur die sichtbaren Verletzungen. Wer weiß, was wir noch alles finden, wenn wir ihn aufschneiden. Ich würde wetten, daß er beträchtliche innere Verletzungen hat.«

»Also mit anderen Worten, sie haben ihn windelweich geprügelt«, sagte Relyea.

»Das ist dann die laienhaftere Formulierung«, lachte Bobby.

»Sind Sie auch manchmal ernst?« fragte Relyea.

Bobby warf einen Blick auf die Leichen auf ihren Tragen, die im ganzen Raum abgestellt waren wie bei einem Verkehrsstau. »Hey, was sollte mir denn die gute Laune verderben?«

»Glaubst du, er hat geredet?« fragte Hoover Relyea.

»Nein!« erwiderte Relyea.

»Hatten sie ein Verhältnis, er und dieses Mädchen, das kürzlich hier war?« fragte Milt.

Hoover schüttelte den Kopf. »Nein, Milt. Sie waren nur Freunde ...«

»Milt ist ein solcher Romantiker«, sagte Bobby.

»Halt die Klappe, Bobby«, sagte Milt barsch. »Mir ist scheißegal, ob sie ein Paar waren oder nicht. Ich wollte nur wissen, ob sie engeren Kontakt hatten.«

»Warum?«

»Na ja, ich habe die Glasscherbe untersucht, die in ihrer Ferse steckte ...« Während er sprach, führte Milt sie zu einem Lichtkasten an der Wand, an dem eine Röntgenaufnahme hing.

»Und?«

»Sehen Sie sich das an ...« Milt schaltete das Licht ein. »Wir haben diese Röntgenaufnahmen von Allison Pond gemacht. Sehen Sie selbst.« Es waren sechs oder acht Aufnahmen verschiedener Körperteile von Allison. Erst jetzt konnten die Männer sehen, wie übel Allison tatsächlich zugerichtet worden war. Ihre Knochen waren zertrümmert, tiefe Frakturen waren inmitten kräftiger Knochen zu sehen, und das Gewebe war mit Knochensplittern gespickt. Es kostete Hoover große Überwindung, sich die Aufnahmen anzusehen.

»Und?« fragte Relyea, der die Röntgenbilder sehr sorgfältig studierte.

»Die Aufnahmen habe ich vor der Autopsie gemacht, gleich nachdem sie hergebracht worden war«, erklärte Milt. »Es war nichts verändert worden.«

»Ich verstehe immer noch nicht«, sagte Relyea.

»Sehen Sie sich den Fuß an ...«

Einer der Füße war schlichtweg nicht vorhanden. An seiner Stelle war nur ein milchiger, verschwommener Fleck.

»Gammastrahlen haben den Film unscharf gemacht«, erklärte Milt. »Dieser kleine Glassplitter war hochgradig radioaktiv ...«

Kapitel 16

Morris Tischfeld, *crème de la crème* der Herrenausstatter, hatten Max und seine Partner zu ihrem Schneider erkoren, und später an diesem Tag statteten sie ihm in seinem Laden einen Besuch ab. Polizeiarbeit in etwas anderem als eleganten Maßanzügen war einfach undenkbar.

Morris kümmerte sich persönlich um die vier Polizisten. Er nahm sorgfältig bei Hall Maß, während Relyea die Ständer nach etwas Geeignetem durchsah. Hoover saß in einem der großen Ledersessel im Ankleidezimmer. »Diese Beule ... sind das Sie oder ist das Ihre Waffe?« fragte Morris Hall und stach ihm mit einem Finger in den Bauch.

»Oder haben Sie vielleicht zugenommen?«

Hall schlug sich mit der flachen Hand auf den Bauch. »Aber nicht doch, Morris«, sagte er. »Ich wiege immer noch das gleiche wie am Tag meiner Hochzeit.«

»Welcher Hochzeit?« fragte Morris., »Sie waren fünfmal verheiratet.«

»Tun Sie einfach Ihre Arbeit«, knurrte Hall. »Ich wäre gar nicht hier, wenn nicht irgendwelche Penner meinen Anzug durchlöchert hätten.«

»Löcher von Kugeln des Kalibers 35 oder 45 können wir flicken«, erklärte Morris, »bei Maschinengewehrkugeln müssen wir leider passen.«

Coolidge schlenderte im Laden umher und befingerte weiter einzelne Kleidungsstücke. »Warum sollte dieser Timms Allison Pond umbringen?« fragte er unvermittelt. Er nahm eine Krawatte und befühlte nachdenklich die Seide mit Daumen und Zeigefinger.

Der einzige, der von der Naivität der Frage nicht überrascht war, war Morris – der gar nicht wußte, wovon Coolidge überhaupt sprach.

»Komm schon, Ellery«, sagte Relyea. »Das liegt doch auf der Hand.«

»Sicher«, pflichtete Hall ihm bei. »Timms hat sie aus dem Weg räumen lassen, weil er sie gebumst hat und sie einen Film davon hatte.«

»Ja, das weiß ich auch«, meinte Coolidge. »Aber ist das Grund genug für einen Mord? Ich meine, was wäre schon passiert, wenn herausgekommen wäre, daß sie gebumst haben? Ich meine, wäre *dir* das nicht völlig egal, Max? Würde es irgendeinen von uns interessieren, ob ein Militärbürokrat seine Frau betrügt?«

»Nein«, entgegnete Hoover. »Uns würde das nicht interessieren. Aber ganz sicher seine Vorgesetzten in

Washington. Er würde seinen Job verlieren und wahrscheinlich sogar aus der Army fliegen. Sein Leben wäre ruiniert. Es gibt Menschen, die aus weit geringerem Anlaß töten.«

»Vielleicht ist es noch schlimmer«, meinte Relyea. »Vielleicht gibt es einen Film, auf dem der General mit Jimmy Fields vögelt.«

»Ich würde einen Wochenlohn dafür geben, diesen Film zu sehen«, sagte Coolidge. Er hielt sich ein Jackett vor die Brust, um zu sehen, ob die Größe stimmte. »Hey, Morris, was ist das für eine Farbe?«

»Avocado«, entgegnete der Schneider. »Eine sehr beliebte Farbe in dieser Saison.«

Coolidge wandte sich an Hoover. »Max, was hältst du von dieser Farbe?«

»Ich denke, man kann einen Mann in einem avocadofarbenen Anzug einfach nicht erschießen«, entgegnete er und erhob sich. »Statten wir Timms einen Besuch ab.«

Relyea posierte mit dem neuen Jackett vor einem Dreifachspiegel. »Wo steckt er denn? In Washington?«

»Nein«, entgegnete Hoover. »Er ist in Nevada. In Vegas.«

Der Buick raste auf dem Highway 15 durch die Wüste, die Straße flach, schnurgerade und verlassen. Das Verdeck war offen, und die Sonne brannte auf sie herab. Die Männer hatten wegen der Hitze ihre Jacketts ausgezogen, die Hüte jedoch aufbehalten.

Coolidge mußte schreien, um den Fahrtwind zu übertönen. »Wißt ihr, ich habe nachgedacht. Ist doch komisch ...«

»Jetzt geht das schon wieder los«, sagte Eddie Hall. »Sag uns, was dich beschäftigt, Ellery.«

»Na ja, wißt ihr, ich bin in New Jersey aufgewachsen, und ich wußte, daß Filme in Hollywood gedreht werden.

Aber ich dachte immer, Hollywood wäre eine Westernstadt mit kleinen braunen Holzhäusern und Pferden, die davor angebunden sind.«

Eddie Hall und Max Hoover wechselten einen Blick, der soviel sagen mochte wie: »Ich habe keine Ahnung, worauf er hinaus will. Du vielleicht?«

Versteht ihr, was ich meine? So wie Gene Autry Champion vor dem Büro des Sheriffs anbindet. Ich dachte, jeder in Hollywood hätte ein Pferd, weil ich mir damals nur Western angesehen habe ...«

»Wenn du dir nur Cagney-Filme angesehen hättest, hättest du dann geglaubt, in LA wären alle Gangster?« fragte Relyea.

»Stimmt das denn nicht?« fragte Hall.

»Das ist nicht der Punkt. Der Punkt ist, daß ich dachte, jeder hätte ein Pferd. Ich wollte unbedingt nach Kalifornien, weil ich ein Pferd haben wollte.«

»Und als du dann nach Kalifornien gekommen bist, hat Ellery da sein Pferdchen bekommen?« säuselte Hall spöttisch.

Ellery Coolidge hatte sich so für das Thema erwärmt, daß er den Sarkasmus seines Kollegen einfach ignorierte. »Erinnert ihr euch? Einige der Cowboys haben ihre Pferde immer sehr sorgfältig angebunden, aber nicht Gene Autry. Nein, Gene Autry hat einfach die Zügel lose um den Balken gewickelt, bevor er zum Sheriff reingegangen ist.«

Relyea musterte Coolidge eindringlich, bemüht zu begreifen, was es mit dieser exzentrischen Geschichte auf sich hatte. »Und?« fragte er.

»Jesus«, entgegnete Coolidge lachend. »Ich hatte immer Angst, daß das Pferd einfach abhaut.«

»Und das ist alles?« fragte Eddie Hall.

»Das ist alles. Komisch, was?«

»Zum Totlachen.«

»Wißt ihr, was mir noch durch den Kopf gegangen ist?« fuhr Relyea fort.

»O Mann«, stöhnte Hall.

»Die Revolver«, sagte Relyea.

»Was war mit den Revolvern?«

»Na ja, wißt ihr ... Cisco Kid oder John Wayne oder sonst jemand kommt die Hauptstraße von Dodge City runter. Er hat einen Revolver mit sechs Schuß in jeder Hand, richtig ...?«

»Richtig«, sagte Coolidge, der sehr aufmerksam zuhörte.

»Überall sind Desperados. Einer kommt aus dem Saloon und schießt. Peng! Cisco Kid macht ihn kalt. Der Schurke bricht zusammen, und sein Revolver fliegt ihm aus der Hand. Auf dem Dach ist noch ein Bandit mit einem Gewehr. Cisco Kid wirbelt herum und – Peng! Erwischt auch den. Der Typ fällt vom Dach, und sein Gewehr fliegt durch die Luft ...«

»Ja«, sagte Coolidge geduldig.

»Also, die Waffen liegen einfach da, auf dem Boden. Und ich sitze da und frage mich, ob sie vielleicht jemand einsammelt. Gehören sie dem Finder? Könnte *ich* eine der Waffen aufheben, oder würde irgend jemand sagen: ›Hey, Kleiner, laß die Finger von den Waffen‹.«

»Himmel«, stöhnte Hall. »Relyea hat sich denselben Wahnsinnsvirus eingefangen wie Ellery.«

»Mann, Arthur, das ist eine interessante Frage«, sagte Coolidge ernsthaft. »Ich weiß nicht. Noch was, worüber ich mir den Kopf zerbrechen werde. Was sagst du, Max?«

Der Buick donnerte an einer riesigen Reklametafel am Straßenrand vorbei. Sie zeigte ein Roulette, ein überdimensionales Pikas und ein hübsches Mädchen mit einem Strandball am Ufer des Lake Meade.

»Ich sage: ›Willkommen in Nevada.‹«

Sie wußten, daß sie sich in der Nähe des Testgeländes der Atomic Energy Commission befanden, als sie feststellten, daß jemand sich die Mühe gemacht hatte, mitten in der Wüste einen Zaun aufzustellen. Und was für ein Zaun das war – zweieinhalb Meter hoher Stacheldraht, an dessen oberen Ende ein rasiermesserscharfer Draht gespannt war. Die Tore, an denen sie vorbeifuhren, waren mit schweren Vorhängeschlössern versehen.

»Sie scheinen große Angst zu haben, daß ihnen jemand ihre Wüste klauen könnte«, sagte Max Hoover, nachdem sie an mehreren Meilen Zaun vorbeigefahren waren.

Schließlich stießen sie auf einen bemannten Checkpoint, ein schweres Tor mit einem massiven Wachhäuschen aus Backstein. Als der Buick auf das Tor zurollte, kam ein Soldat in olivfarbener Uniform mit einem Maschinengewehr heraus und forderte sie winkend auf stehenzubleiben.

Hoover holte seine Marke hervor und hielt sie der Wache – der Soldat konnte nicht älter sein als zwanzig – unter die Nase. »Los Angeles Police Department«, sagte er. »Ich möchte zu General Timms.«

Der Wachsoldat verglich den Namen auf Hoovers Dienstausweis mit einer Namensliste auf einem Klemmbrett. »Sie stehen nicht auf meiner Liste autorisierter Besucher, Sir.«

»Und wie komme ich auf diese Liste, Soldat?«

»Ich muß die Erlaubnis einholen, Sie passieren zu lassen, Sir.«

»Dann tun Sie das ... sagen Sie ihnen, daß es um einen Mord geht.«

Der Wachsoldat nahm Hoovers Marke und Dienstausweis an sich und verschwand im Wachhäuschen. Er telefonierte einige Zeit.

Etwas weiter die Zufahrtsstraße hinunter konnten sie vage einige Quonset-Hütten und Kasernengebäude erkennen, die in der grellen Sonne schwer auszumachen waren.

»Fünf zu eins, daß wir nicht reinkommen«, sagte Hoover.

»Das ist die Army«, sagte Hall nickend. »Die ändert sich nie.«

»Ich halte dagegen«, sagte Coolidge.

Coolidge verlor. Die Wache kam zum Wagen zurück und gab Hoover das Etui mit Marke und Dienstausweis zurück. »Bedaure, Sir. Zivilisten sind nicht zugelassen«, sagte er. »Ausnahmen werden nicht gemacht.«

»Haben Sie mit General Timms gesprochen?«

Der Soldat lächelte beinahe. Gemeine Soldaten sprachen nicht mit Generälen, es sei denn, es war etwas sehr, sehr schief gelaufen oder der Soldat hatte den Ehrenorden des Kongresses verliehen bekommen.

»Nein, Sir, ich habe nicht mit General Timms gesprochen, Sir.«

»Mit wem dann?«

»Ich kann Ihnen nicht mehr sagen, als daß der General unabkömmlich ist, Sir.«

Hoover blickte an dem Soldaten vorbei auf die Gebäude an der Zufahrtsstraße. »Haben Sie ihnen auch gesagt, daß es sich um offizielle Polizeiermittlungen handelt?«

»Ja, Sir, das habe ich.«

»Haben Sie ihnen gesagt, daß es um Ermittlungen in einem Mordfall geht?«

»Ja, Sir«, entgegnete der Wachsoldat. »Sie sagten, Zivilisten hätten keinen Zutritt. Ohne Ausnahme.«

Hoover musterte den jungen Mann lange eindringlich. »Wollen Sie Berufssoldat werden, mein Sohn?«

»Ja, Sir, das möchte ich.«

»Dann sage ich Ihnen eine große Karriere voraus. Sie werden es in Rekordzeit zum General bringen.«

»Danke, Sir. Wenn Sie jetzt bitte Ihr Fahrzeug wenden würden...«

Sie fuhren zurück auf den Highway und folgten wieder über mehrere Meilen dem Zaun.

»Meint ihr, da kämen wir drüber?« fragte Hoover.

»Klar«, entgegnete Eddie Hall. »Das Problem ist nur, daß wir tot wären, wenn wir auf der anderen Seite ankämen. Keine zehn Pferde bekommen mich auch nur in die Nähe dieses Drahtes.«

»Könnten wir den Zaun niederwalzen?«

Diesmal antwortete Relyea. »Die Zaunpfosten sind aus Beton und vermutlich tief in den Boden eingelassen.«

»Dann versuchen wir besser nicht, einen zu rammen«, meinte Coolidge.

Hoover trat abrupt auf die Bremse, und der Buick kam auf dem heißen Asphalt schlitternd zum Stehen. Er legte den Rückwärtsgang ein und setzte zügig zurück.

»Was haben wir denn da.«

Es war ein Tor, mit einem Vorhängeschloß versehen, aber unbemannt. Und gleich dahinter begann eine unbefestigte Straße, die ins Testgelände hineinführte. Relyea stieg als erster aus dem Wagen, die Dienstwaffe in der Hand. Er zielte auf das Schloß und wollte gerade abdrükken, als Hoover ihn davon abhielt.

»Warte!«

Eddie Hall stieg aus. »Was ist das hier? Die Stunde der Amateure? Arthur, weißt du, was passiert, wenn du auf dieses Vorhängeschloß schießt?«

»Es geht auf?«

»Du und dein beknackter Freund auf dem Rücksitz ihr habt zu viele Filme gesehen«, sagte Hall. »Wenn du schießt, prallt die Kugel ab und durchlöchert dich.«

»Im Film funktioniert es aber immer«, meinte Relyea.

»Klar«, sagte Hall und fischte seine Brieftasche aus der Gesäßtasche seiner Hose. »Und im Film lohnen sich Verbrechen nicht ...« Er nahm einen Dietrich aus einem Fach seiner Brieftasche. »Während wir wissen, daß Verbrechen im wahren Leben sehr einträglich sind.«

»Ja, ja ...«, brummte Relyea.

Hall betrachtete das Schloß aus zusammengekniffenen Augen und machte sich mit dem Dietrich ans Werk. Zehn Minuten später mühte er sich immer noch vergeblich mit dem Schloß ab.

Hoover sah alle zehn Sekunden auf die Uhr. Coolidge war in der brennenden Sonne bald schweißgebadet. Relyea starrte nur gedankenverloren vor sich hin.

Der Dietrich wurde in Halls verschwitzten Fingern glitschig, und er ließ ihn mehr als einmal fallen. »Verdammt!« fluchte er, hob das Instrument wieder auf und machte sich wieder an die Arbeit.

Hoover wartete noch eine Minute und trat dann vor. »Laß mich mal versuchen, Eddie«, sagte er.

»Hey«, protestierte Hall. »Ich hab's gleich.«

»Nein, hast du nicht.« Er zog seine Waffe und lud sie mit einer einzigen Kugel. Das Schloß zerbarst.

»So«, sagte Hoover. »Fahren wir.«

Die weiche Federung des Buick war für unbefestigte Straßen nicht geeignet, und der schwere Wagen holperte und schaukelte über die Piste, die für die härteren Stoßdämpfer von Militärfahrzeugen gedacht war. Das Gelände jenseits des Zaunes unterschied sich beträchtlich von der offenen Wüste. Die Erde war dunkler und glänzte beinahe, und nirgendwo auch nur die geringste Spur von Leben.

Weiter vorn auf der Straße lagen Dutzende von Leichen, Männer, Frauen und Kinder ...

Hoover brachte den Wagen zum Stehen, und die vier Männer sprangen heraus. Sie stellten fest, daß sie sich getäuscht hatten. Es handelte sich nicht um Leichen, sondern um Schaufensterpuppen die nackt und mit fehlenden Gliedmaßen auf einer Fläche von mehreren hundert Quadratmetern verstreut waren.

Dahinter befand sich ein riesiger Krater mit einem Durchmesser von mehreren hundert Metern. Die Männer näherten sich dem Rand des Kraters und blickten hinab. Der Anblick des gigantischen Lochs war beunruhigend.

»Himmel«, sagte Hoover. »Das ist vielleicht ein Riesenloch.«

»Sieht aus, als hätten sie hier eine ihrer Bomben abgeworfen«, meinte Hall.

»Das passiert, wenn sie eine an der Erdoberfläche zünden«, erklärte Relyea. »Es gibt einen riesigen Krater. Wußtet ihr, daß sie, bevor sie die Bombe abwerfen, die Stelle mit einem großen X markieren, das etwa hundert Meter lang und anderthalb Meter tief ist? Dann steigt ein Flugzeug auf und versucht, die Markierung zu treffen.«

»Tolle Art, seinen Lebensunterhalt zu verdienen«, sagte Hall. »Riesige Buchstaben in die Wüste zu buddeln, damit irgend so ein Clown sie in die Luft jagen kann.«

Coolidge blickte in den klaren blauen Himmel und versuchte, sich die gewaltige pilzförmige Staubwolke vorzustellen.

»Wo ist die ganze Erde hin?«

»Mit allem anderen pulverisiert«, entgegnete Relyea. »Nur noch Staub.«

»Was passiert, wenn sie eine Bombe abwerfen, während wir hier sind?« fragte Coolidge ein wenig nervös.

»Dann werden *wir* pulverisiert«, entgegnete Hall.

Coolidge blickte auf den Horizont, als sähe er dort, wie eine Atombombe auf sie ausgerichtet wurde. Statt dessen sah er etwas anderes. Ein Fahrzeug raste mit solcher Geschwindigkeit auf sie zu, daß die Reifen Sand und Staub aufwirbelten.

»Hoppla«, sagte Coolidge. »Wir bekommen Besuch.«

»Zeit zu verduften?« fragte Hall.

Hoover nickte. »Höchste Zeit zu verduften, Eddie.«

Die vier Männer rannten zurück zum Buick.

Kapitel 17

Der Buick schoß holpernd die staubige Piste hinunter. Sand spritzte auf, und nur die Tatsache, daß der Wagen einiges wog, hielt ihn auf der Straße.

Das Militärfahrzeug, das die vier Cops verfolgte, war eine Art frisiertes Raupenfahrzeug auf Rädern, dank derer der Wagen auf Sand ebenso mühelos fuhr wie auf glattem Asphalt. Das Fahrzeug holte rasch auf, aber das Tor befand sich gleich hinter der nächsten Bodenerhebung. Hoover ging davon aus, daß der Buick die Army auf der Teerstraße abhängen würde.

Aber soweit sollte es gar nicht erst kommen. Das Tor kam in Sicht. Es wurde von drei Achttonnern und einem Jeep versperrt.

»O Scheiße!« knurrte Hoover. »Ich fürchte, wir werden gleich zu Kriegsgefangenen, Jungs.«

Es wimmelte von Soldaten; drei ganze Korporalschaften. Und jeder einzelne war mit einem Gewehr bewaffnet, dessen Lauf auf Hoover und seine Männer zielte.

»Hände hoch!« brüllte ein Stabsfeldwebel. »Raus aus dem Wagen!«

Das Räderraupenfahrzeug kam hinter dem Buick zum Stehen, das Maschinengewehr des Kalibers 55 auf das Zivilfahrzeug gerichtet. Es gab kein Entkommen.

Hoover stieg aus und steuerte den Jeep an. Der Befehlshaber, ein Colonel, saß auf dem Beifahrersitz, mit einem Captain-Adjutant im Fond. Der Colonel blickte Hoover mit unverhohlenem Haß entgegen. Drei Männer in silbernen Schutzanzügen mit Helmen mit Kunststoffsichtfenster. Die Männer bewegten sich bedächtig, als ob die Anzüge sehr schwer wären. Sie fuhren mit Geigerzählern über den Wagen und die vier Männer und lasen dann die Ergebnisse ab.

»Sie sind sauber, Sir«, rief einer der Techniker, seine Stimme vom Helm gedämpft.

Lange Zeit rührte sich niemand. Dann kam der Colonel auf die vier Cops zu. In der rechten Hand hielt er ein Stück des zerstörten Schlosses.

Hoover las das Namensschild an der Uniform des Colonels. Fitzgerald. Er musterte erst Hoover und dann die anderen drei – der Ausdruck von Haß wich einer Art kalter Verachtung.

Als er schließlich sprach, klang seine Stimme sehr förmlich und sachlich. »Sie haben gegen ein Bundesgesetz verstoßen«, erklärte er. »Das hier ist eine staatliche Einrichtung, deren Zutritt Unbefugten untersagt ist. Ich könnte Sie alle erschießen lassen.« Er richteten den Blick auf Hoover. »Können Sie sich ausweisen?«

Fitzgerald ließ sich Zeit, Hoovers Marke und Dienstausweis zu studieren. »Lieutenant Hoover ... Los Angeles Police Department?«

»Wir ermitteln in einem Mordfall«, entgegnete Hoover.

»Und wenn Sie Jack the Ripper auf der Spur wären«, sagte Fitzgerald. »Sie befinden sich weit außerhalb Ihres

Zuständigkeitsbereichs, Lieutenant. Ist Ihnen klar, was auf unbefugtes Betreten eines Militärgeländes steht?« Er hielt das zerstörte Vorhängeschloß hoch. »Und auf die Beschädigung von Staatseigentum?«

»Wir gehen dahin, wohin ein Fall uns führt«, sagte Hoover und hielt Fitzgeralds herausforderndem Blick stand.

Fitzgerald mochte diese Männer in ihren eleganten Anzügen und ihrer einstudierten Nonchalance nicht. Sie hielten sich für harte Jungs, für kultivierte Männer, die mit den Eigenarten der Welt und Unterwelt vertraut waren. Aber Fitzgerald sah nicht mehr in ihnen als miese Cops – Gangster, die rekrutiert worden waren, andere Gangster in Schach zu halten –, kleine Beamte, die sich mit Autorität und einem imposanten, chrombewehrten Wagen schmückten.

»Nicht bis hierher«, entgegnete Fitzgerald. »Hier draußen herrscht Militärgesetz, und ich bin verantwortlich, für dessen Einhaltung zu sorgen.« Er wandte sich seinem Adjutanten zu. »Captain, bringen Sie diese Männer zur Basis und sperren Sie sie ein.«

»Ja, Sir.« Als der Captain und einige seiner Männer sich auf Hoover und seine Kollegen zu bewegten, summte das Telefon in dem Räderraupenfahrzeug.

»Colonel?« sagte ein Corporal und hielt Fitzgerald den Hörer hin. »Der General möchte Sie sprechen, Sir.«

Widerstrebend nahm Fitzgerald den Hörer. »Ja, Sir ... Ja, Sir. Wir haben sie auf dem Gelände gestellt, Sir, und sie haben die Sicherheit ernsthaft gefährdet ...« Fitzgerald schwieg eine Weile und hörte zu, was Timms zu sagen hatte. Niemand sonst konnte hören, was der General äußerte, aber es war offensichtlich, daß Colonel Fitzgerald sich nicht im geringsten dafür interessierte, was Timms zu sagen hatte. Er verzog das Gesicht, dann verdüsterte sich seine Miene.

»Ich halte das für keine gute Idee, Sir, wenn ich das mal so sagen darf. Nein ... Ja, Sir. Wie befohlen. Ja, Sir.« Er legte auf, runzelte die Stirn und zeigte auf Hoover.

»Setzen sie ihn in den Jeep«, befahl der Colonel. »Die anderen drei kommen auf der Basis in Arrest. Sie können dort warten.«

»Wann stößt Hoover wieder zu uns?« fragte Coolidge.

»Wenn es mir beliebt«, entgegnete Colonel Fitzgerald barsch. »Und wenn ich diesen Wagen jemals wieder auf Militärgelände sehe, jage ich ihn in die Luft und mit ihm jeden, der das Pech hat, drinzusitzen.«

Der General mochte zwar auf einem Stützpunkt mitten in der Wüste leben, aber das war kein Grund, auf Komfort zu verzichten. Die Atomic Energy Commission hatte ein sehr hübsches Haus für den General errichtet, ein modernes, niedriges Gebäude aus Glas und Sandstein, umgeben von viertausend Quadratmetern üppigen Rasens – eine von Menschen geschaffene Grasoase, deren Bewässerung den Steuerzahler ein Vermögen kostete. Neben dem Haus befand sich ein Stallgebäude, und als der Jeep mit Hoover vorfuhr, führte ein Soldat gerade einen wunderschönen Rapphengst hinaus in die Sonne und begann, dessen schimmernde Flanken zu striegeln.

»Wissen Sie«, sagte Hoover. »Als ich in der Army war, war alles ganz anders. Die Dinge haben sich geändert.«

»Halten Sie die Klappe und folgen Sie mir«, sagte Fitzgerald schroff und ging voran ins Haus.

Im Inneren sorgte eine Klimaanlage für eisige Kälte, ein frostiger aber angenehmer Schock nach der sengendheißen Wüstenluft. Hoover trank die Frische wie ein kühles Bier. Das Haus war tadellos gepflegt und geschmackvoll eingerichtet, mit skandinavischen Holz- und Ledermöbeln, die sich auf der Atlantikseite der vereinigten Staaten zunehmender Beliebtheit erfreuten.

»Bringen Sie ihn ins Arbeitszimmer«, befahl Colonel Fitzgerald dem Captain. »Er soll dort warten.«

»Ja, Sir.«

Das Arbeitszimmer war holzgetäfelt und besaß ein Panoramafenster mit Blick auf die Wüste und die dahinterliegenden Berge. Auf einem Schreibtisch extravaganter Größe standen drei verschiedene Telefonapparate, und auf einem Beistelltisch eine Auswahl Spirituosen.

»Ich darf doch?« Hoover gab zwei Eiswürfel aus einem silbernen Eiskübel in ein Kristallglas und schenkte sich zwölf Jahre alten Scotch ein. Er nippte an dem Drink und genoß die rauchige Weichheit des Alkohols auf seiner Zunge.

»Hey, Captain«, sagte er zu seinem Bewacher. »Sie sollten auch einen Schluck nehmen. Das ist wirklich toller Stoff.«

»Warum halten Sie nicht einfach den Rand?«

Hoover zuckte die Achseln. »Ich wollte nur nett sein ...« Hoover sah sich um. In der Mitte einer Wand befand sich ein offener Kamin. »Was fängt denn der General damit an? Schaltet er tatsächlich die Klimaanlage ab, um sich ein nettes, gemütliches Feuerchen zu machen?«

»Nachts wird es in der Wüste empfindlich kalt«, entgegnete der Captain.

Hoover nahm noch einen Schluck von seinem Scotch. »Wissen Sie, das habe ich schon gehört, aber ich habe es nie geglaubt.«

Der Captain zuckte die Achseln. »Wie Sie meinen.«

Hoover schlenderte durch den Raum und blieb vor einem Gewehrschrank stehen. Einige der Waffen waren antik, andere Sportgewehre, eher Kunstgegenstände als Waffen, mit feinen Gravuren auf dem Lauf und Schnitzereien am Kolben. Der Captain wußte, daß die Gewehre nicht geladen und der Schrank abgeschlossen war, aber er versteifte sich dennoch, als Hoover sich ihnen näherte.

»Treten Sie doch ein wenig zurück, ja, Lieutenant«, sagte der Captain. »Nur damit mir wohler ist.«

»Haben Sie Angst, ich könnte irgend etwas anstellen?«

»Ich fürchte, Sie könnten etwas sehr Dummes anstellen.« Er legte die Hand auf den Griff des schweren 45er Colt Automatik in dem Holster an seiner Seite. »Etwas, das Sie bereuen würden.«

»Ich werde Sie nicht umbringen, Captain«, sagte Hoover.

»Ich weiß.«

Hoover zuckte erneut die Achseln. »Wenn Ihnen so viel daran liegt ...«, sagte er zuvorkommend und wandte seine Aufmerksamkeit den Bildern an einer Wand zu. Die Photographien waren ein *Who is Who* der militärischen, politischen und wissenschaftlichen Elite des Landes. Es gab Aufnahmen von Timms mit General Omar Bradley, mit Douglas McArthur, mit Eisenhower in Uniform und als Präsident. Timms mit Präsident Truman und Timms als viel jüngerer Mann, wie er Franklin D. Roosevelt die Hand schüttelte. Es war sogar eine Aufnahme des Generals mit Albert Einstein darunter, mit dem friedlichen Campus der Princeton-Universität im Hintergrund.

Diese vertrauten Gesichter erkannte Hoover, aber es gab auch Photos von Timms mit Männern, die Max nicht identifizieren konnte.

»Wer sind diese Typen?« fragte Hoover.

»Edward Teller, Niels Bohr, Enrico Fermi, Robert Oppenheimer«, erwiderte der Captain.

»Sind das Generäle oder Politiker?«

Der Captain schüttelte den Kopf, als bemitleide er Hoover für seine Ignoranz. »Das sind die genialsten Wissenschaftler seit Isaac Newton«, erklärte er. »Gemeinsam haben sie die Atombombe gebaut.«

»Ich habe noch nie von ihnen gehört«, entgegnete Hoover langsam.

Unter den Aufnahmen des Generals mit den berühmten Wissenschaftlern befanden sich Luftaufnahmen von Atomexplosionen, gewaltige Feuerbälle, die mit einer hochauflösenden Kamera photographiert worden waren. Hoover beugte sich vor und betrachtete eines der Bilder genauer. In einiger Entfernung standen winzigen Figuren, weit genug von der Explosion entfernt, um nicht pulverisiert zu werden, aber wiederum nah genug, um von dem radioaktiven Nebel eingehüllt zu werden, der sich in einem weiten Kreis vom Mittelpunkt der Explosion ausdehnte.

»Was ist das?« fragte Hoover. »Sind das Menschen? Ein bißchen nah dran, oder?«

»Zerbrechen Sie sich darüber mal nicht den Kopf«, entgegnete der Captain. »Wir wissen, was wir tun.«

»Das will ich hoffen.«

»Lieutenant Hoover?«

Der Captain nahm Haltung an, als General Timms den Raum betrat, dicht gefolgt von Colonel Fitzgerald.

»Lieutenant Hoover«, sagte Timms. »Ich bin General Timms. »Was kann ich für das Los Angeles Police Department tun?« Er wandte sich dem Captain zu, der immer noch stocksteif dastand. »Sie können sich zurückziehen.«

»Sir.« Der Captain ging hinaus und schloß die Tür hinter sich.

Kapitel 18

General Timms sah blaß aus, seine Züge angespannt und sein Gesicht viel schmaler als auf den Photos. Er bewegte sich steif, als hätte er Schmerzen, und schnitt eine Grimasse, als er sich in einen Sessel sinken ließ.

»Ich bin gekommen, um mit Ihnen über Allison Pond zu sprechen«, sagte Hoover.

Der General nickte. »Ich weiß ... Colonel Fitzgerald hat mich informiert.« Er bewegte sich leicht in dem Ledersessel, und wieder wurden seine Züge von Schmerz überschattet.

»Sind Sie okay?« fragte Hoover.

»Ein kleiner Reitunfall«, erklärte Timms. »Ich habe mir den Ischiasnerv eingeklemmt.« Er lächelte. »Hatten Sie auch schon mal Rückenschmerzen, Lieutenant Hoover?«

»Ich bin einmal in den Rücken geschossen worden«, entgegnete er. Er hielt den Blick beim Sprechen starr auf Fitzgerald gerichtet, als versuche er, den Colonel allein dadurch aus dem Raum zu entfernen.

»Ich darf doch gleich auf den Punkt kommen, Lieutenant ... Sie wissen natürlich, daß Miss Pond und ich ein Verhältnis hatten.«

»Ja, das ist mir bekannt.«

»Und Ihnen ist auch bekannt, daß sie auch noch zu anderen Herren eine ganz ähnliche Beziehung unterhalten hat?« Er sprach ruhig und emotionslos, als lege er einem Raum voller Offiziersanwärter einige archaische Regeln militärischer Disziplin dar oder als hielte er einen wissenschaftlichen Vortrag, anstatt von einer schönen jungen Frau zu sprechen, die ihn geliebt hatte.

Diesmal ließ Hoover sich etwas mehr Zeit, ehe er nickte. Er fragte sich, ob der General wußte, daß er einen dieser Männer vor sich hatte.

»Eine Schande«, sagte Timms, als wäre Allison kein menschliches Wesen, sondern eine kostbare natürliche Energiequelle, die gedankenlos vergeudet worden war.

»Soweit ich weiß, war Miss Pond von Freitag an über das Wochenende mit Ihnen zusammen, ist das richtig?« Hoover fiel es schwer, ihren Namen auszusprechen.

Timms warf Fitzgerald einen raschen Blick zu. »Ich denke, ja. Wir sind am Samstag zum Lake Tahoe geflogen, ich weiß nicht mehr genau, um welche Zeit. Irgendwann am Vormittag. Das Transportbüro müßte die exakte Abflugzeit registriert haben.«

»Einen Augenblick, bitte«, sagte Hoover überrascht. »Sie waren in Tahoe? Sie waren nicht hier?«

Timms schüttelte den Kopf. »Senator Boulton besitzt dort ein Wochenendhaus, das er uns von Zeit zu Zeit überläßt.«

»Hören Sie, General, ich weiß genau, daß sie hier gewesen ist«, sagte Hoover zornig. »Versuchen Sie nicht, mich für dumm zu verkaufen. Das wäre reine Zeitverschwendung.«

»Ich tue nichts dergleichen«, entgegnete der General geduldig und schloß einen Moment die Augen, als wäre er ein Lehrer, der versucht einem Schüler, der schwer von Begriff ist, ein simples Theorem zu erklären. »Wir haben den Freitag abend hier verbracht und sind dann am Samstag nach Tahoe geflogen. Und Sonntag abend bin ich nach Washington geflogen.«

Hoover kniff die Augen zusammen. »Sie behaupten also, sie wäre nicht auf dem Testgelände gewesen?«

Timms lächelte. »Selbstverständlich nicht. Der Zutritt ist Unbefugten verboten – aber das wissen Sie ja, nicht wahr

Lieutenant?« Timms legte eine Pause ein und seufzte.»Sie ist nach Los Angeles zurückgefahren, Lieutenant Hoover, und ich bin zu einer Besprechung mit dem Verteidigungsminister nach Washington geflogen. Auch dazu müßte es einen Eintrag im Register des Transportbüros geben, wenn Sie meine Angaben überprüfen möchten.«

Timms verstummte erneut, als gäbe es zu dem Thema Allison Pond nichts mehr zu sagen. »Hören Sie, denken Sie viel über die nationale Sicherheit nach, Lieutenant?«

Hoover schüttelte den Kopf. »Nein, General Timms. Ich habe in Los Angeles schon genügend Sicherheitsprobleme.«

»Was ist mit Atomenergie, Lieutenant?« fragte der General. »Haben Sie je darüber nachgedacht? Über ihre Bedeutung?«

Hoover interessierte sich nicht für Atomenergie. »Alles, was ich darüber weiß, ist, daß wir ganz schnell zwei Bomben abgeworfen haben, als der Krieg schon vorbei war. Ich halte die Atombombe für eine gute Sache. Ich bin froh, daß *wir* sie besitzen, daß *wir* sie abgeworfen haben.«

Timms lächelte nachsichtig wie angesichts kindlicher Naivität. »Aber die physikalischen Aspekte, Lieutenant, wissen Sie davon etwas? Wußten Sie beispielsweise, daß das Atom selbst größtenteils aus leerem Raum besteht?«

»Ich habe nie wirklich darüber nachgedacht«, entgegnete Hoover achselzuckend. »Ich war auf der Schule schon kein As in den wissenschaftlichen Fächern.«

»Fast völlig leer«, fuhr Timms fort, »mit nur winzigen Fragmenten von Materie. Und da das gesamte Universum aus Atomen besteht, setzte sich alles, was wir sehen und anfassen, ja sogar der Fußboden, auf dem sie stehen, aus leerem Raum zusammen.«

»Ach ja? Und?«

»Der einzige Grund, weshalb wir nicht hindurchfallen, ist der, daß diese winzigen Teilchen Materie mit solcher Geschwindigkeit umherwirbeln, das sie eine Illusion von Festigkeit schaffen«, dozierte der General weiter. »Der Boden unter unseren Füßen dreht sich, Lieutenant. Können Sie es fühlen?«

Er senkte den Blick. Hoover und Fitzgerald blickten ebenfalls zu Boden, und der General lächelte, als hätte er gerade einen gelungenen kleinen Zaubertrick vorgeführt.

»Dann sind wir selbst nur leerer Raum«, bemerkte Hoover.

Timms strahlte, als wäre dem schwerfälligen Schüler endlich ein Licht aufgegangen. »Exakt! Und doch enthalten diese Teilchen von Materie – die so klein sind, daß sie noch nie jemand gesehen hat, nicht einmal unter dem stärksten Mikroskop, und deren Existenz wir nur in der Theorie und durch Experimente, die diese Theorie bestätigen, belegen können – diese winzigen Partikel Nichts genügend Energie, dieses Gebäude , die ganze Stadt, ja die gesamte Menschheit zu zerstören. Unvorstellbar, nicht wahr?«

Hoover hatte den Eindruck, daß der General, hätte er keine Rückenschmerzen gehabt, aus seinem Sessel gesprungen wäre vor Begeisterung ob der gewaltigen Kraft dieser winzigen Teilchen Materie.

»Ich beschäftige mich nicht weiter mit diesen Dingen, General«, sagte er leise. »Vermutlich, weil ich zuviel sehe ...«

»Aber Sie sehen Dinge, die keinem Zweck dienen«, entgegnete Timms abschätzig. »Diese Dinge sind ohne Belang.«

»Es sind Menschen, die vorzeitig zu Tode gekommen sind«, widersprach Hoover. »Und für sie war das ganz sicher von Belang.«

Fitzgerald sah aus, als wollte er eingreifen und das Gespräch auf der Stelle beenden, aber Timms schien dies ebenfalls zu spüren und winkte ab.

»Das ist die Geschichte der Welt, Lieutenant«, sagte Timms. »Manche Menschen sterben vorzeitig, damit andere weiterleben können. Das ist der Grundstein der Zivilisation – Kriege, Religion, Demokratie ... Hunderte sterben, damit Tausende überleben können.«

»Ich rechne nicht in diesen Größenordnungen, General Timms. Ich gehe jeden Fall einzeln an«, sagte Hoover. Es war offensichtlich, daß ihn die hochfahrenden Worte des Generals nicht beeindruckten. »Und im Augenblick untersuche ich den Mord an Allison Pond.«

Aber Timms schien sehr daran gelegen, Hoover von seiner These zu überzeugen. Er beugte sich in seinem Sessel vor, aber sein Handicap hielt ihn zurück, als wäre er in einem Netz des Schmerzes gefangen.

»Manche Menschen – Ärzte, Staatsoberhäupter, Vertreter des Rechts – opfern sich mehr als die meisten anderen Menschen für die Gesellschaft auf, und im Gegenzug bringen wir diesen Menschen einen gewissen Respekt entgegen.«

»Tun wir das?« fragte Hoover.

Timms nickte. »Das wird nicht in der Schule gelehrt, aber jene, die die Last der Führung auf sich nehmen, wissen, was das heißt. Sie wissen, was ich meine. Sie haben eine Führungsposition übernommen, nicht wahr, Lieutenant?«

»Inwiefern?« Hoover ließ unausgesprochen, daß er immer das Gefühl hatte, daß er und sein Team ständig nur Katz und Maus spielten.

»Sie beschützen die Gesellschaft, die beschützen den Durchschnittsbürger. Und im Rahmen Ihrer Arbeit verstoßen Sie vielleicht zuweilen gegen das Gesetz, ignorieren die Verfassung, die geltenden Vorschriften für Durchsuchungen und Verhaftungen, bedienen sich illegaler Inhaftierung ...«

Hoover zuckte die Achseln. Er war nicht gewillt, irgend etwas zuzugeben, es war, als hätte der General ein Jahr oder länger tagein tagaus bei ihnen im Buick gesessen.

»Vielleicht ist bekannt, das Sie das tun, und doch wird es als unumgänglich hingenommen. Sie selbst akzeptieren es. Sie akzeptieren Ihre eigenen Sünden.«

Hoover sah aus wie ein Mann, der nicht allzu sicher war, daß er seine eigenen Sünden akzeptieren wollte. Er zog ein sauberes weißes Taschentuch aus der Brusttasche seines Jacketts, schlug es auseinander und legte zwei kleine Glassplitter auf den Tisch vor sich.

»Allison Pond war auf Ihrem Testgelände, General«, sagte Hoover. »Wir haben Teile hiervon in ihrem Fuß gefunden.«

Fitzgerald warf Timms einen durchdringenden Blick zu, aber der General lächelte nur und zuckte leicht die Achseln.

»Ich werde Ihren Terminkalender des vergangenen Monats einsehen müssen, Sir«, sagte Hoover. »Ich möchte wissen, wo Sie waren, mit wem Sie sich getroffen haben ...«

»Selbstverständlich bekommen Sie alles, was Sie brauchen«, versicherte ihm Timms. »Colonel Fitzgerald wird Ihnen jeden Wunsch erfüllen.«

Hoover erhob sich. »Ich danke Ihnen. Schönes Haus.«

Wenngleich Max den Raum verlassen hatte, hatte Fitzgerald das Gefühl, im Flüsterton sprechen zu müssen. »Ich habe mit Los Angeles gesprochen. Es wird in vierundzwanzig Stunden hier sein.«

Hoover schwieg auf der Rückfahrt nach Los Angeles lange. Der Kühler des Buick zeigte nach Westen, in Richtung der untergehenden Sonne. Die Wüste schien rot zu glühen, als das Tageslicht in die Abenddämmerung überging.

Eddie Hall sah sich schließlich veranlaßt zu fragen, wie Hoovers Begegnung mit General Timms gelaufen war. »Und?«

Hoover hielt den Blick starr nach vorn gerichtet. »Und was?«

»Was hat der General gesagt?«

»Er hat gesagt, daß Menschenopfer der Grundstein der Zivilisation wären, Eddie.«

»Das ist aber ein ziemliches Pech für Allison Pond ...«, meinte Hall sarkastisch.

Kapitel 19

Als Max Hoover und der Rest seines Teams am nächsten Morgen im Revier eintrafen, sahen sie als erstes Esther Newburg.

»Verdammt, Esther«, sagte Hoover und ließ die Schultern hängen. »Das wird ein schwarzer Tag, richtig? Ich sehe Ihrem Gesicht an, daß es schlechte Nachrichten gibt.«

Esther Newburg nickte. »Bingo, Max. Der Chief möchte Sie sehen. Sofort.«

Der Polizeichef von Los Angeles saß an seinem Schreibtisch, als Hoover von der Chefsekretärin ins Zimmer geleitet wurde. Das war noch nichts Ungewöhnliches. Es war der Mann, der dem Chief gegenübersaß, der Hoover Kopfzerbrechen bereitete. Max erkannte einen Beamten der Bundespolizei auf den ersten Blick, und er hatte in seinem Leben schon zu viele gesehen. Sie sahen alle mehr oder weniger gleich aus. Hoover – J. Edgar, nicht Max – rekrutierte Agenten eines bestimmten Typs. Ehemalige Soldaten, untadelig, Familienväter, Collegeabsolventen. Vorzugsweise irische Katholiken.

»Max«, sagte der Chief. »Ich möchte Sie mit Special Agent Jeffrey McCafferty vom FBI bekannt machen.«

Max und McCafferty schüttelten einander die Hand. Der FBI-Agent trug einen auffälligen Ring vom Notre Dame-College.

»Freut mich, Hoover«, sagte McCafferty.

»Ebenso«, log Hoover.

»Special Agent McCafferty interessiert sich für einen unserer Fälle, Max. Ich habe ihm gesagt, Sie wären der richtige Ansprechpartner.«

»Tatsächlich? Um welchen Fall handelt es sich?«

»Allison Pond«, entgegnete der Chief. »Das war doch der Name des Mädchens, Special Agent?«

McCafferty nickte. »Exakt.« Der FBI-Agent wußte, daß weder der Chief noch Hoover ihn mochten oder dabei haben wollten – wobei der Chief seine Abneigung besser verbarg –, aber McCafferty ließ sich hiervon nicht einschüchtern.

»Entschuldigen Sie, Chief«, sagte Hoover. »Aber dürfte ich vielleicht fragen, inwieweit dieser Fall das FBI etwas angeht?«

McCafferty kam dem Chief zuvor. »Sie erlauben, Chief ...« Er wandte sich Hoover zu und schenkte ihm ein Zahnpastalächeln. »Die Rolle des FBIs ist rein informativer Natur, Max. Wir haben erfahren, daß ein Mann von größter Bedeutung für die nationale Sicherheit irgendwie in die Untersuchung eines Mordfalles an einer jungen Frau verwickelt wurde.«

»Und?« fragte Max. »Sie ist tot, und ich will wissen, warum sie sterben mußte.«

»Ruhig, Max«, ermahnte ihn der Chief.

»Angesichts des Schadens , den Ermittlungen anrichten könnten – nicht nur im Hinblick auf den Ruf dieses Mannes, sondern außerdem in bezug auf sein Lebenswerk –, hielt der Boß es für angebracht, daß wir, selbstverständlich ohne in Ihre Zuständigkeit einzugreifen, informell vorbeischauen und uns mit Ihnen austauschen.« McCafferty lächelte wieder. »Sehen Sie, Max, es bleibt auch weiterhin Ihr Fall. Diesbezüglich können Sie ganz beruhigt sein.«

»Austauschen?« fragte Hoover kalt. »Und worin sollte Ihr Beitrag zu diesem Austausch bestehen?«

McCafferty beugte sich vor, ernst und freundlich. »Ich bin bereit, Ihnen die persönliche Garantie des Direktors zu geben, daß General Timms nichts mit dem Tod von Allison Pond zu tun hatte.«

Hoover blickte zum Chief hinüber und wandte sich dann wieder McCafferty zu.»Und woher will der Boß das so genau wissen?«

McCafferty lächelte wissend. »Bedaure, aber ich bin nicht befugt, darüber zu sprechen.«

Hoover wartete darauf, daß McCafferty fortfuhr, aber offenbar hatte er alles gesagt.

»Ist das alles?« fragte Hoover.

Der Chief schien ebenfalls ein wenig verblüfft. »Ist das alles?«

Hoover lehnte sich mit düsterem Gesicht vor. »Wenn ich Ihren Boß in Washington anrufe, wird er dann den Mist bestätigen, den Sie uns gerade aufgetischt haben?«

McCafferty bewahrte die Beherrschung, während Hoover langsam die seine verlor. »Der Boß hat mich ausdrücklich gebeten zu erwähnen, daß er sehr großen Wert auf

Ihre Mitarbeit legt, Lieutenant Hoover. Er ist überzeugt, daß sie im Bilde sind, wie delikat die Situation ist ...« McCafferty lächelte immer noch freundlich. »... wo Sie doch selbst ein verheirateter Mann sind.«

Hoover verfärbte sich aschgrau vor Zorn. Der Chief rutschte unruhig auf seinem Stuhl hin und her, bemüht seinen eigenen Ärger zu unterdrücken. Er haßte es, wenn jemand vom FBI hereinspazierte und einem seiner Männer drohte. McCafferty hingegen zuckte nicht mit der Wimper.

»Wir haben unsere eigenen Mittel und Methoden«, fuhr McCafferty glatt fort. »Wir wären gern bereit, sie Ihnen zur Verfügung zu stellen, Lieutenant.«

»Danke«, knurrte Hoover zähneknirschend.

»Und Chief, sollte sich in diesem Fall etwas ergeben, sollten irgendwelche *Beweise* auftauchen ... wäre der Boß sehr dankbar, wenn er sie persönlich prüfen könnte ... Er wäre wirklich *außerordentlich* dankbar ...«

McCafferty erhob sich und lächelte erneut. »Guten Morgen, Gentlemen. Und vielen Dank für ihre Kooperationsbereitschaft. Ich weiß, daß ich mich auf Sie verlassen kann ...«

Es war eine sehr subtile Drohung, aber dennoch deutlich. Sie lautete: Sie sollten J. Edgar Hoover nicht verärgern ...

Als der Special Agent den Raum verlassen hatte, schlug der Chief mit der Faust auf seinen Schreibtisch. »Verdammt, Max. Sie wissen was ich von diesen hochnäsigen Ivy-league-Cops in meiner Stadt halte, erst recht, wenn sie in meinem Büro sitzen, auf diesem Stuhl.«

»Ja, Sir, das weiß ich.«

»Dieser verfluchte Hoover! Eisenhower sollte ihn feuern. Ich kann es gar nicht erwarten, bis er endgültig weg vom Fenster ist.« Der Chief schob sich eine Zigarette zwischen die Lippen und zündete sie an. »Haben Sie etwas Handfestes gegen diesen Timms in der Hand?«

Hoover schüttelte den Kopf. »Er lügt, was Allison Pond betrifft. Darauf können Sie wetten ... Aber noch nicht gleich.«

»Sie können es nicht beweisen?«

»Noch nicht«, entgegnete Hoover. »Aber das werde ich. Jesus, Bill, außer Earl wurde auch ein Informant umgebracht. Sie haben sie mit schwerkalibrigen Maschinengewehren beschossen. Das riecht nach einer militärischen Operation ... Das ist der Zusammenhang.«

Der Chief lehnte sich in seinem hochlehnigen Ledersessel zurück. »Wovon zum Teufel reden Sie überhaupt, Max? Sie beschuldigen die Army der vereinigten Staaten allein aufgrund eines Maschinengewehrs? Ich kenne drei Typen einen Block von Lankershim in North Hollywood, die solche Waffen im Hinterzimmer rumliegen haben. Wachen Sie auf, um Himmels willen.«

Die beiden Männer funkelten einander einige Sekunden wütend an. Dann sagte Hoover sehr leise und langsam. »Als wir unsere Abmachung getroffen haben, Bill, hieß es, daß wir niemanden außer Ihnen Rechenschaft schuldig sein würden. So lautete der Deal. Vier Männer, keine Politik, keine persönlichen Gefallen, wir sind niemandem Rechenschaft schuldig ...«

»Als wir diese Abmachung getroffen haben, Max, ging es um Kriminelle und Gangster«, erwiderte der Chief verärgert. »Ich habe Sie nicht darum gebeten, sich mit der verdammten Atomic Energy Commission anzulegen.«

»Was, wenn sie Menschen töten, Bill?« fragte Hoover. »Was, wenn sie Menschen mit derselben Skrupellosigkeit umbringen wie irgendein Räuber in seiner dunklen Gasse? Oder wie ein Schlaumeier, der verschnittenen Stoff verkauft? Ich sehe da keinen Unterschied.«

»Sei doch nicht so naiv, Max. Das ist doch sonst nicht deine Art.«

Hoover ließ die Faust auf den Schreibtisch niedersausen. »Sie wissen, daß ich recht habe, Bill.«

»Recht? Sie wissen so gut wie ich, daß es einige Leute gibt, mit denen ihr Jungs eine Spazierfahrt oder einen Spaziergang unternommen habt und die seitdem spurlos verschwunden sind. Niemand hat sich das zu genau angesehen. Ich frage mich, inwieweit das rechtens ist.«

Hoovers Stimme wurde noch leiser. Noch weicher. »Allison Pond hat nie irgend jemandem etwas angetan, Bill. Außer sich selbst ...«

Der Chief schüttelte den Kopf und schien ihn zu bemitleiden. »Maxwell, Sie sollten sich einmal reden hören. Sie muß irgend jemandem etwas getan haben, sonst würden wir gar nicht erst hier sitzen und über sie reden. Dann würden wir nicht in der Vergangenheitsform von ihr sprechen ...« Katherine Hoover wollte gerade das Haus verlassen, als energisch an die Haustür geklopft wurde. Sie öffnete und sah Jeffrey McCafferty und zwei weitere Agenten auf der Schwelle stehen. McCaffertys freundliches, gewinnendes Lächeln war einer versteinerten Maske gewichen.

Anders als ihr Mann besaß Katherine Hoover nicht die Fähigkeit, einen Staatspolizisten auf den ersten Blick zu erkennen.

»Ja?« sagte sie. »Kann Ich etwas für Sie tun?«

»Mrs. Hoover?« fragte er und zeigte ihr seine Marke. »FBI. Ich habe einen Durchsuchungsbefehl für Ihr Haus.«

Es dauerte einige Sekunden, ehe sie den Sinn seiner Worte begriff. »Wie bitte? Was sagen Sie da?« Die zwei Agenten in McCaffertys Begleitung schoben sich an ihr vorbei ins Haus.

»Ein Durchsuchungsbefehl, Mrs. Hoover.« Er drückte ihr ein Papier in die Hand und drängte sich grob an ihr vorbei.

»Ein Durchsuchungsbefehl?« Sie betrachtete das Dokument, aber die Worte schienen keinen Sinn zu machen. Sie machte kehrt und eilte hinter den Agenten her. »Was hat das zu bedeuten? Bitte sagen Sie es mir.«

»Es liegt ganz bei Ihnen, Mrs. Hoover«, sagte McCafferty, der im Wohnzimmer stand und sich umsah wie ein General, der in Schlachtfeld studiert. »Sagen Sie mir nur, wo der Film ist, und wir rühren nichts an und verschwinden sofort wieder.«

»Film?« sagte Katherine. »Was für ein Film?«

McCafferty seufzte. »Also gut, Mrs. Hoover, wenn Sie es so haben wollen, bitte. Mike, fang mit dem Bücherregal an.«

Der Agent durchquerte den Raum und fegte die Bücher aus den Regalen. McCafferty und sein anderer Kollege verließen das Zimmer. Katherine folgte ihnen ins Schlafzimmer.

»Bitte ... Bitte ... Das muß ein Irrtum sein. Mein Mann ist Polizeibeamter, um Himmels willen.«

»O, das wissen wir, Mrs. Hoover.«

»Ich werde ihn jetzt sofort anrufen«, sagte Katherine und griff nach dem Telefon neben dem Bett. Sie wählte hastig. »Esther, hier ist Katherine. Holen Sie Max an den Apparat! Sofort!«

Der Agent zog die Laken vom Bett. »Da drunter ist nichts, Jeff.«

»Schlitz die Matratze auf.«

Der Agent holte ein großes Taschenmesser hervor und stach es in die Matratze. »Nein! Aufhören! Bitte!« schrie Katherine. Es war, als würde jemand mitten ins Herz ihrer Ehe stechen.

Kapitel 20

Max war nicht im Büro, er war in einer Bar. Zusammen mit Relyea und Hall, die den Arm um hübsche Mädchen gelegt hatten, die sie irgendwo aufgegabelt hatten, saßen Coolidge und Max eingezwängt in einer Nische eines Clubs auf dem Sunset. Die zwei Frauen waren fasziniert davon, daß ihre Begleiter Polizeibeamte waren.

»Ihr seid ganz anders als die Jungs in Dragnet«, sagte die Blonde. »Diese Typen sehen nicht aus, als könnte man mit ihnen Spaß haben.«

»Dragnet«, sagte Eddie Hall. »Das ist nicht die Wirklichkeit.«

»So redet kein Cop«, pflichtete Relyea ihm bei.

»Ja«, meinte auch Coolidge und gab seine vielgeprobte Imitation von Jack Web zum besten. »Neun Uhr fünfundvierzig – zum Kühlschrank gegangen – wollte Schinken-und-Käse-Sandwich«, leierte er ausdruckslos herunter. »Konnte die Mayonnaise nicht finden, habe statt dessen den Senf gefunden. So redet doch kein Mensch.«

»Da-da-da-da«, sang Relyea den Jingle von Dragnet.

»FBI«, sagte Hoover angewidert und starrte in seinen Drink.

Die Partner tauschten einen Blick. Sie hatten Hoover nicht gefragt, was sich im Büro des Chiefs abgespielt hatte, wohl wissend, daß er es ihnen wie gewöhnlich erzählen würde, wenn er soweit war.

»Timms hat das FBI angerufen, und die haben sich prompt den Chief vorgenommen«, fuhr Hoover fort. »Einer von ihnen war da, als ich heute morgen in seinem Büro war.«

»O Scheiße«, stöhnte Hall.

»Sie wollen den Film«, sagte Hoover. »Das ist alles, wofür sie sich wirklich interessieren. Das Mädchen interessiert sie nicht die Bohne.«

Die beiden Mädchen am Tisch wechselten einen Blick. Die Jungs waren plötzlich nicht mehr so witzig.

»Wir müssen jetzt los«, sagte die Brünette.

»Danke für die Drinks, Jungs«, sagte die Blonde, als sie unsicheren Schrittes davonstöckelten.

Weder Hall noch Relyea erhoben Einwände angesichts des überhasteten Aufbruchs. Statt dessen winkten sie dem Ober und bestellten noch eine Runde.

»Sie haben den Film erwähnt?« fragte Hall. »Sie haben tatsächlich gesagt, daß sie ihn haben wollen? Sie wissen also ganz sicher, daß es ihn gibt.«

»So konkret hat er sich nicht ausgedrückt«, sagte Hoover und leerte sein Glas Scotch. »Aber er sprach von Beweisen, und damit hat er ganz zweifellos den Film gemeint.«

»Woher wissen sie, daß wir ihn haben?«

Relyea zuckte die Achseln. »Vermutlich von Jimmy Fields. Sie haben ihn so lange verprügelt, bis er es ihnen verraten hat.«

»Also seid vorsichtig«, sagte Hoover und stand auf. »Ihr wißt, was als nächstes passieren wird, ja?«

»Was denn?« fragte Ellery Coolidge.

»Jetzt knöpfen sie sich uns vor...«

Als Hoover den Buick in die Auffahrt lenkte, fiel ihm sofort auf, daß im Haus alle Lichter brannten. Die Haustür stand weit offen, und ein viereckiger Lichtfleck fiel auf den Rasen vor dem Haus.

Er stieg aus dem Wagen, lief durch den Vorgarten und durch die Blumenbeete ins Haus. Kay saß im Wohnzimmer, die Augen geschlossen, als könnte sie den Anblick ihres verwüsteten Heims nicht ertragen. Tränen quollen unter ihren Lidern hervor und rollten über ihre Wangen. Hoover konnte sehen, daß sie angefangen hatte aufzuräumen, es dann aber wiederaufgegeben hatte, überwältigt von dem Chaos. Er nahm sie in die Arme und drückte sie.

»Kay? Bist du verletzt?«

»Nein«, entgegnete sie leise. Er blickte über ihre Schulter auf das Durcheinander. Der Raum war so gründlich auf den Kopf gestellt worden wie die Wohnungen von Jimmy Fields und Allison Pond. Die Polsterbezüge der Sitzmöbel waren abgezogen, und der Inhalt jeder Schublade auf dem Fußboden entleert worden. Er konnte durch die offene Tür erkennen, daß die Küche nicht besser aussah.

»Was ist passiert?« flüsterte er ihr ins Ohr.

»Das FBI war hier«, erwiderte Katherine. »Sie hatten einen Durchsuchungsbefehl und sagten, sie wollten den Film.«

Hoover nickte und ging zur Kellertreppe. Die Tür hing schief in den Angeln, und auch der Keller war durchwühlt worden. Hoover kniete sich hin, entfernte ein loses Wandpaneel und langte in das kleine Loch dahinter. Er holte eine Runde Filmbüchse heraus. Der Film war noch da.

»Max«, sagte Katherine mit hoher, angespannter Stimme. »Du mußt mir sagen, was eigentlich los ist.«

Er antwortete, während er den Film in das Versteck zurücklegte und dieses mit dem Wandpaneel verschloß. »Der Mann in dem Film ist Thomas Timms«, sagte er hastig. »Er ist Vorsitzender der Atomic Energy Commission. Das bedeutet, daß er einflußreiche Freunde hat.«

»Ich verstehe nicht.«

»Das Mädchen ist tot.«

»Und das ist alles?«

Hoover richtete sich wieder auf und ging zur Treppe. »Das ist alles.«

Ihre Frustration machte sich Luft. »Verdammt, Max!« schrie sie ihrem Mann nach. »Hör auf, bei mir den Cop rauszukehren ...«

»Wißt ihr«, sagte McCafferty zu seinen zwei Agenten, »ihre Zuständigkeit endet an der County-Grenze. Wißt ihr, warum diese Typen beim LAPD sind? Weil es zu mehr nicht gereicht hat. Durchsuchungsbefehle, Wanzen ... diese Gorillas wissen kaum, wie man das schreibt, geschweige denn, wie man so etwas beantragt ...«

Für die drei Agenten war es ein sehr befriedigender Tag gewesen, aber langsam wurde es spät, und sie wollten nach Hause. McCafferty führte sie zur Tiefgarage unter dem Gebäude der Bundespolizei in Los Angeles.

»Haltet euch immer an die Vorschriften«, fuhr McCafferty fort und kramte in seiner Jackentasche nach seinem Wagenschlüssel. »Haltet euch immer an die Vorschriften, und ihr werdet nie Ärger bekommen, Jungs. Das hat Mister John Edgar mir selbst gesagt.« Sie blieben vor Mc Caffertys Wagen stehen, einem netten, unscheinbaren Ford. Ein typischer FBI-Wagen.

»Dieses Arschloch, dieser Mistkerl vom LAPD hat sich doch tatsächlich eingebildet, er könnte mich reinlegen, also habe ich ihm eins ausgewischt und mir einen Durchsuchungsbefehl für sein Haus besorgt.«

»Was würdest du tun, wenn Hoover hier aufkreuzen würde?« fragte Mike und sah sich nervös in der dunklen Tiefgarage um.

»Mr. Hoover oder dieses Arschloch vom LAPD?«

»Was glaubst du, welchen ich meine?«

McCafferty lachte. »Wenn Hoover sich hier blicken läßt, nehme ich ihn wegen unbefugten Betretens fest.«

Während die drei noch lachten, trat Max Hoover aus

der Dunkelheit hervor, schwang seinen Totschläger und ließ ihn auf Mikes Hinterkopf niedersausen. Der Agent knickte zusammen wie ein Klappstuhl und ging zu Boden. Als die beiden anderen Männer herumwirbelten, schlug Hoover erneut zu und blies dem zweiten Agenten das Licht aus.

»Hoover!« keuchte McCafferty.

Max verpaßte McCafferty einen gezielten Tritt in den Unterleib, und als dieser sich vor Schmerzen krümmte, wandte Hoover seine Aufmerksamkeit wieder dem zweiten Agenten zu. Er krallte die Finger in das Haar des Unglücklichen und rammte seinen Kopf in das Seitenfenster von McCaffertys Wagen. Mehrere Sprünge erschienen in dem Glas, aber es zersplitterte nicht, der Agent prallte von der Scheibe ab und sank bewußtlos auf den Betonboden.

McCafferty stöhnte und versuchte seine wackligen Beine wieder unter Kontrolle zu bekommen. Hoover schlug ihm zweimal ins Gesicht, leichte, demütigende Ohrfeigen, und begann dann ihn durch die Garage hinaus auf die Straße zu stoßen. Er trat ihm kräftig in den Hintern, und McCafferty stürzte kopfüber die Rampe hinunter in den Rinnstein.

Als er versuchte aufzustehen, versetzte Hoover ihm einen kräftigen Aufwärtshaken, der mit solcher Wucht auf das Kinn des Agenten krachte, daß der ein ganzes Feuerwerk sah. Er ging wieder zu Boden.

Special Agent McCafferty konnte Hoover, der über ihn gebeugt stand, nur verschwommen sehen, aber er hörte klar und deutlich jedes Wort, das der Polizist zu ihm sagte.

»Sehen Sie, in der Tiefgarage befanden wir uns auf FBI-Gelände«, sagte Hoover, »aber hier draußen auf der Straße gilt das nicht mehr. Hier draußen ist Los Angeles. Das hier ist meine Stadt. Hier draußen sind Sie der Unbefugte.«

Einen Moment sah es aus, als würde McCafferty das Bewußtsein verlieren, so daß Hoover ihm leicht ins Gesicht schlug, um ihn wach zu halten.

»Hey, hören Sie mir zu ... Hier draußen kann ich Sie mir vorknöpfen, Ihr Haus abbrennen, Ihre Frau vögeln und Ihren Hund abschlachten. Es gibt nur eins, was Sie tun können, um sich zu schützen, und das ist, die Stadt zu verlassen. Wenn ich Sie nicht finden kann, kann ich Ihnen auch nichts anhaben. Aber Sie haben Pech, McCafferty, ich habe sie bereits gefunden.«

Hoover beugte sich herab, zog den Agenten bei den Jakkettaufschlägen auf die Füße und schleifte ihn zu seinem Buick. »Kommen Sie«, sagte er. »Ich will Ihnen etwas zeigen.«

McCafferty fühlte durch die Wellen des Schmerzes hindurch Furcht in sich aufsteigen. »Was haben Sie vor?« krächzte er. »Wohin bringen Sie mich?«

»Keine Bange, Special Agent«, entgegnete Hoover. »Ich zeige Ihnen nur ein besonders schönes Fleckchen vor der Stadt.«

»Wa ...?« stammelte McCafferty.

»Ich zeige Ihnen die weltberühmten Mulholland Falls ...«

Kapitel 21

Als am nächsten Morgen bei den Hoovers an die Tür geklopft wurde, fuhr Katherine erschrocken zusammen. Sie befürchtete, daß sie zurückgekommen waren. Max war am

Vorabend spät nach Hause gekommen, die Haut an seiner rechten Hand aufgeplatzt und blutig. Sie wußten beide, daß sie ihm seine Erklärung, er wäre auf dem Parkplatz gestürzt, nicht abnahm. Sie kannte ihren Mann gut – es hätte sie nicht überrascht, wenn er rachelüsternd durch die Stadt gestreift wäre.

Sie beschloß, nicht zu öffnen, überlegte es sich jedoch gleich darauf anders. Katherine straffte die Schultern und zwang sich, in die Diele zu gehen. Sie konnte sich schließlich nicht bis ans Ende ihrer Tage vor jedem Klopfen an der Tür fürchten.

Als sie die Tür öffnete, sah sie, daß niemand auf der Schwelle stand. Mit allergrößter Vorsicht trat sie hinaus und blickte herab.

Das Päckchen war etwa dreißig Zentimeter lang und breit, in braunes Papier eingeschlagen und verschnürt. Ihr Name – Mrs. Maxwell Hoover – stand in schwarzen Druckbuchstaben auf der Oberseite. Sie betrachtete das Päckchen eine Weile und sagte sich, daß sie es dort liegen lassen, davor weglaufen sollte, aber sofort wurde sie von Neugier geplagt. Vielleicht befand sich etwas in dem Päckchen, das ihr helfen würde, das derzeitige Chaos in ihrem Leben zu klären ...

Hastig beugte sie sich herab, nahm das Paket an sich und flüchtete zurück ins Haus. Sie schlug die Tür hinter sich zu und schloß zweifach ab. Max Hoover war sehr daran gelegen gewesen, an diesem Abend pünktlich und nüchtern nach Hause zu kommen. Er parkte den Buick hinter dem kecken kleinen Nash Metropolitan seiner Frau. Er war froh, daß sie zu Hause war.

Katherine tat Hoover leid. Es war nie leicht, mit einem Cop verheiratet zu sein, und noch schwieriger war es, wenn es sich bei diesem Cop um Maxwell Hoover handelte. Seine

Schuldgefühle waren bedrückend, erstickend. Er hatte Schuldgefühle wegen der Hölle, die Katherine seinetwegen durchgemacht hatte – nicht nur in den vergangenen Tagen, sondern während ihrer ganzen Ehe – und er hatte ein schlechtes Gewissen, weil sie es durchgestanden, seine Launen, seine Überstunden und seine exzentrische Lebenswiese mit kaum einem Wort der Klage ertragen hatte.

Nicht, daß sie unterwürfig gewesen wäre, eine Frau, die sich vor dem Alleinsein fürchtete und sich mit einem schwierigen Mann zufrieden gab, nur um überhaupt einen Mann zu haben. Vielmehr war ihm bewußt, daß sie für sie beide stark war, fähig und resolut während der stürmischen Zeiten ihres Ehelebens. Von den kleinen Gewittern wegen Nichtigkeiten, bis hin zu den Orkanen wegen grundlegender Eheprobleme – Sex, Geld, Familie, Treue. Das war ihre Art, ihre Loyalität ihm, seiner Arbeit und ihrem gemeinsamen Leben gegenüber zu demonstrieren.

Aber die schlimmsten Gewissensbisse hatte er wegen Allison Pond. Er machte sich schreckliche Vorwürfe, daß er seine Frau betrogen und die Frau geliebt hatte, mit der er den Ehebruch begangen hatte. Der Tod eine der beiden Frauen, die er liebte, brach ihm das Herz.

Max Hoover stieg hundemüde aus dem Wagen, dachte jedoch trotz seiner Erschöpfung daran, den Blumenbeeten diesmal auszuweichen.

Katherine empfing ihn nicht an der Tür, das liebende Frauchen, das darauf wartete, daß sein Mann nach Hause kam. Das überraschte ihn nicht; so war sie nie gewesen. Aber sie war auch nicht im Wohnzimmer, in der Küche oder im Schlafzimmer.

»Kay?« rief er. Aber seine Stimme ließ das Haus nur noch verlassener und stiller erscheinen. Dann sah er, daß die

Kellertür nur angelehnt war, und hörte von unten das leise Summen des Filmprojektors.

Katherine saß auf dem Boden, mit dem Rücken an die Wand gelehnt. Das braune Packpapier und die leere Filmbüchse lagen neben ihr auf dem nackten Betonboden. Der Raum wurde nur von der Leinwand erhellt.

Hoover und Allison im Schlafzimmer ihrer Wohnung in Los Feliz. Sie kniete neben dem Bett, und Hoover nahm sie mit kräftigen Stößen von hinten. Er hatte die Augen geschlossen, und seine Ekstase war offensichtlich.

Hoover sank das Herz, und tiefe Traurigkeit legte sich auf seine Züge. Er erkannte, daß der Augenblick der Wahrheit in ihrem Leben gekommen war, dieser flüchtige Augenblick, der doch alles unwiderruflich verändert.

Katherine wandte sich ihm nicht zu, sondern starrte weiter auf die Bilder auf der Leinwand.

»Wie lange ist es gelaufen, Max?« fragte sie, ihre Stimme ausdruckslos und doch gepreßt von Tränen.

»Sechs Monate«, antwortete er leise. »Nicht ganz ...«

»Hat jemand davon gewußt? Hat mich jemand ohne mein Wissen ausgelacht oder bemitleidet?«

»Niemand hat davon gewußt«, entgegnete Hoover.

Sie starrte weiter wie gebannt auf die Bilder. Auf der Leinwand fuhr sein zweites Ich, ein ganz anderer, fort, mit Allison zu schlafen, hielt dann abrupt inne, als der Orgasmus kam. Er ließ die Wange auf ihren Rücken sinken, küßte sie zärtlich auf die Wirbelsäule und hielt sie fest umschlungen. Die Zärtlichkeit und Zuneigung, die aus diesen sanften Küssen sprachen, schnitten Katherine tief ins Herz, waren schmerzlicher als die vorangegangene ungezügelte Lust.

»Es ist schon lange vorbei«, sagte Hoover und erkannte noch während er sprach, wie leer und hohl seine Worte klangen.

Katherine wandte den Kopf und sah ihn an, die Tränen auf ihrem Gesicht glitzerten im grellen Projektorlicht. Dann erhob sie sich und verließ den Raum. Er versuchte nicht sie aufzuhalten, als sie an ihm vorbeiging, und wehrte auch die Ohrfeige nicht ab, die sie ihm versetzte. Das war der Anfang seiner Bestrafung.

Er saß am Küchentisch, eine Flasche und ein Glas vor sich. Hoover kannte die Routine – eigentlich sollte er sich betrinken, das wurde von ihm erwartet, aber er hatte keine Lust auf den Alkohol, der heiß und ätzend auf seiner Zunge brannte. Er schenkte sich noch ein Glas ein, als das Telefon klingelte. Er hob den Hörer ans Ohr, meldete sich jedoch nicht gleich.

»Hoover?«

Max schwieg.

»Hoover?«

Max erkannte die Stimme wieder. »Fitzgerald.«

»In Ihrem Besitz befindet sich etwas, das uns gehört«, sagte Colonel Fitzgerald. »Wir wollen es haben.«

»Ich will Timms sehen«, entgegnete Hoover.

»Es besteht kein Grund, den General mit hineinzuziehen. Ein schlichter Handel. Ihr Film gegen unseren.«

»Ich will Timms sehen«, wiederholte Max. »Kein Timms, kein Handel, kein Film. Kapiert?«

Fitzgerald übte nun etwas mehr Druck aus. »Was wir Ihnen heute geschickt haben, war eine Kopie, und es gibt noch viel mehr davon. Wir sind zu allem bereit, um Sie zur Kooperation zu zwingen, Hoover. Noch ist es unser kleines Geheimnis ...«

»Sie haben wohl nicht gehört, was ich gesagt habe. Kein Timms, kein Deal.«

Hoover hörte den Colonel am anderen Ende der Leitung einen tiefen Seufzer ausstoßen.»Also gut«, sagte er, als gäbe er den trotzigen Forderungen eines Kindes nach. »Zehn Uhr morgen früh auf dem Militärflughafen von Santa Monica. Wir schicken jemanden, der Sie dort abholt.«

»Gut.«

»Sie bringen alles mit, und wir bringen alles mit. Originale und sämtliche Kopien«, sagte Fitzgerald. »Versuchen Sie nicht, besonders schlau zu sein und eine Kopie als Rückversicherung zu behalten.«

Hoover antwortete nicht. Er legte auf.

Den Rest der Nacht verbrachte er im Keller und sah sich wieder und wieder Timms Film an, wobei er den Film immer stoppte, sobald Allison ins Bild kam. Er beschäftigte sich mit den dunklen, verzerrten Gesichtern in dem weißen, sterilen Raum. Was waren das für Menschen? Und wie waren sie auf diese Filmspule gekommen?

Beim letzten Mal ließ er den Film ganz durchlaufen, fasziniert von Allisons lasziver Schönheit und dem Wunder ihres Orgasmus. Als der Film zu Ende war, stieg eine einzige, klare Erinnerung vor seinen Augen auf, so deutlich, als würde er sich einen weiteren Film ansehen.

Es war ihre letzte gemeinsame Nacht, das letzte Mal, daß er sie lebend gesehen hatte. Sie hatten sich an den Mulholland Falls getroffen, sie in ihrem Wagen, er ins einem. Sie standen Seite an Seite vor ihren Wagen und rauchten schweigend. Unten funkelten die Lichter der Stadt, und eine sanfte, nach Pinien duftende Brise wehte warm über ihre Gesichter.

Ihr ganzes Leben war in weniger als sechs Monate gezwängt worden. Sie konnten sich kaum noch an die prickelnde Erregung bei ihrem ersten Treffen erinnern, an das berauschende Glücksgefühl während ihres sechzigminütigen Kennenlernens, an die elektrisierende Intensität ihres ersten intimen Beisammenseins, an die glückliche Zufriedenheit des mittleren Alters, an jene Wochen, in denen sie geredet und gelacht und sich Zeit nehmen konnten für ein Dinner oder einen Drink, ehe sie sich aufeinander stürzten. Dann war es unaufhaltsam bergab gegangen, als Schuldgefühle und die Wirklichkeit in ihre Idylle eingedrungen waren, die Streitereien, die Tränen und die vielen »Ich weiß nicht ...«

Bis zu diesem Augenblick. Sie waren am Ende angelangt, und Allison wußte es. Sie warf die Zigarette auf den Boden und trat sie aus.

»Hierher kommst du, wenn du jemanden loswerden willst, habe ich recht?« fragte sie. In ihrer Stimme schwang Zorn mit.

Im ersten Moment dachte er, sie spiele auf seine unorthodoxe Nutzung des Abhangs an.

»Es ist vorbei, stimmt's?«

Hoover zuckte die Achseln. »So ist das nicht, Allison ... Es ist nicht einfach vorbei ... Das Problem ist, daß du glaubst, es könnte funktionieren, es könnte ewig so weitergehen, aber ich kann nicht daran glauben. Es tut mir leid.«

Mit einem knappen, ruckartigen Kopfschütteln wies sie seine Erklärung und Entschuldigung zurück. »Nein, Max«, sagte sie. »Das ist es nicht. Wir haben unterschiedliche Probleme. Ich wollte nie, daß es ewig so weitergeht ...« Sie beugte sich vor, küßte ihn auf die Wange und ging dann zu ihrem Wagen, ohne einen Blick zurück zu werfen.

Er rührte sich nicht und blickte den Scheinwerfern ihres Wagens nach, als sie davonfuhr. Die Stelle an seiner Wange, auf die sie ihn geküßt hatte, brannte.

Bei Tagesanbruch ging er hinauf ins Schlafzimmer. Katherine

lagvollständig angezogen mit ausgebreiteten Armen auf dem Bett. Auf dem Nachttisch stand ein Aschenbecher, der überquoll von Pall-Mall-Kippen. Ihr Gesicht lag im Schatten, und er nahm an, daß sie schlief. So leise wie möglich trat Hoover an die Kommode, nahm seinen kleinen, Revolver aus der obersten Schublade und schnallte sich den Holster um.

Als er sich hinkniete, hörte er das unverwechselbare Geräusch eines Feuerzeugs. Die Flamme loderte auf, und eine neue Wolke blauen Dunstes wehte durch den Raum.

»Ich dachte, du schläfst«, sagte Max.

»Ich war wach.«

»Was machst du?«

Er hörte die Laken rascheln, als sie die Achseln zuckte. »Ich denke nach ...«

Er richtete sich auf und zögerte einen Moment, sich bewußt, daß sie ihn eindringlich musterte, als wäre er ihr fremd und als wäre sie neugierig zu erfahren, wer er war. Hoover glaubte ihre Blicke schwer wie Gewichte auf sich lasten zu spüren und fühlte sich unbehaglich.

»Und worüber hast du nachgedacht?«

Die Antwort darauf war ein knappes, bitteres Lachen.

»Ich weiß, *woran* du denkst, aber ich weiß nicht, was du *darüber* denkst«, sagte Hoover.

Katherine tat einen tiefen Lungenzug. »Ich bin nicht sicher, ob du das wirklich würdest wissen wollen. Es ist nicht sehr erfreulich.«

»Du möchtest, daß ich für eine Weile verschwinde.«

»Mindestens«, entgegnete sie, und wandte sich ab.

Im Zwielicht der Morgendämmerung sah Hoover eine Gestalt am Buick in der Auffahrt lehnen. Ellery Coolidge trat in dem Augenblick vor, da die Haustür geöffnet wurde.

»Ellery, was machst du hier?« fragte Max mit einem Blick auf die Uhr.

»Wir haben ein Problem, Max.«

»Das ist doch nicht das erste Mal, Ellery.«

»Aber diesmal ist es anders, Max.«

Hoover fiel auf, daß Coolidge ausnahmsweise nicht aß. »Es muß ja wirklich ernst sein.«

Coolidge nickte nachdrücklich. »Max, Hoover – der andere Hoover – hat den Chief heute nacht um drei aus Washington angerufen. Seitdem hat der Chief versucht dich zu erreichen.«

»Tatsächlich?« entgegnete Hoover ausdruckslos. Er öffnete den Kofferraum seines Wagens und legte seine Aktentasche hinein. »Und worum geht es?«

»Entführung, Körperverletzung, versuchter Mord ... Wie klingt das für den Anfang, Max?«

»Du kannst dem Chief sagen, er soll Mr. Hoover bestellen, daß, wenn ich versucht hätte, Special Agent McCafferty zu töten, Special Agent McCafferty jetzt tot wäre.« Er knallte die Kofferraumhaube zu und ging zur Fahrertür.

»Das ist ernst, Max. Er ist stinksauer ...«

Hoover setzte sich ans Steuer. »Er wird noch viel wütender werden.«

Coolidge lief vorn um den Wagen herum und setzte sich auf den Beifahrersitz. »Max, hör mir zu ...«

»Was machst du da, Ellery?«

»Wo immer du hingehst, ich gehe mit dir«, sagte er. »Ich werde nicht zurückgehen und dem Chief bestellen, daß du dich geweigert hast mitzukommen.«

Hoover drehte den Schlüssel im Zündschloß, und der starke Motor sprang an. »Weißt du, Eddie Hall hat recht. Dieser Psychiater, zu dem du gehst, macht aus dir einen Weichling.«

»Psychiaterin, Max«, verbesserte ihn Coolidge. »Es ist eine Frau ...«

Kapitel 22

Hoover und Coolidge schritten über das Rollfeld des Santa Monica-Militärflughafens und steuerten die DC-3 mit den komplizierten militärischen Insignien auf der Nase, dem Schwanz, dem Rumpf und den Flügeln an.

»Es wird Ärger geben, stimmt's, Max?« sagte Coolidge.

Hoover nickte. »Ja, ich denke schon ... Hör mal, Ellery, du brauchst nicht mitzukommen. Das ist eine persönliche Angelegenheit.«

Aber Coolidge ließ sich nicht beirren. »Vergiß es. Ich bleibe bei dir.«

»Aber ich *muß* das tun, du nicht. Warum willst du dich einmischen? Das ist nicht dein Kampf.«

»Nein, Max«, entgegnete Coolidge kopfschüttelnd. »Wir sind Partner. Ich komme mit.«

Der Pilot steckte den Kopf zur hinteren Tür der schnittigen kleinen Maschine heraus. »Lieutenant Hoover?«

»Ich bin Hoover.«

Der Pilot blickte auf Coolidge. »Mir wurde gesagt, daß nur ein Passagier mitfliegen würde.«

»Es sind aber zwei.«

»Mir soll's egal sein«, sagte der Pilot. »Platz ist genug.«

Als die DC-3 auf der Landebahn des Atomic Research Centers zum Stehen kam, öffnete ein MP die Tür und scheuchte Coolidge und Hoover aus der Maschine, als wären sie Kriminelle. Hoovers alter Freund, der Captain, Fitzgeralds Adjutant, nahm sie in Empfang.

»Wir haben nur einen Besucher erwartet, Hoover«, sagte der Captain. »So war es abgemacht.«

»Sergeant Coolidge wird mich begleiten.«

Der Captain zuckte die Achseln. »Wie Sie meinen.« Er wandte sich an den MP. »Sergeant, durchsuchen Sie sie auf Waffen und bringen Sie sie in Colonel Fitzgeralds Büro. Ich stoße dort zu ihnen.« Hierauf hastete er davon, wie um einem üblen Geruch zu entfliehen.

Der Militärpolizist nahm ihnen kommentarlos die Dienstwaffen ab und durchsuchte flüchtig Hoovers Brieftasche, ehe er die beiden Polizisten zu einem Wagen brachte. Abweichend von ihrer üblichen Sitzordnung, nahm Ellery Coolidge vorn neben dem Fahrer Platz und Hoover mit dem MP im Fond.

Als sie über den Stützpunkt fuhren, blickte Hoover aus dem Fenster. Plötzlich fiel ihm auf, daß das Gelände ihm bekannt vorkam, daß er die Landschaft und die Gebäude schon einmal gesehen hatte – in einem Film. Er zeigte auf das niedrige, gedrungene Gebäude.

»Was ist das?« fragte Hoover.

»Das ist eine Sperrzone, Sir«, entgegnete der MP.

»Sperrzone?«

»Ja, Sir.«

»Kann ich mir das genauer ansehen?« fragte Hoover, als hätte er den Mann nicht gehört.

»Bedaure, Sir«, wiederholte der MP. »Kein Zutritt. Ich bin nicht befugt, Sie dorthin zu bringen.«

»Oh«, sagte Hoover. »Kein Zutritt.« Hoover griff blitzschnell in seine Gesäßtasche und schlug den Sergeant mit seinem Totschläger k.o. Der Mann sackte auf seinem Sitz zusammen.

Hoover nahm seine .45er an sich und rammte dem Fahrer den Lauf in den Nacken. »Halten Sie an.« Der Fahrer trat auf die Bremse, und der Wagen hielt ruckartig. »Ellery, übernimm du den Wagen und versteck ihn. Ich stoße später wieder zu dir. Hier hast du die Pistole.«

»Wo willst du hin?«

Er zeigte auf das Gebäude, das er in dem Film gesehen hatte. »Da rein.«

Hoover stieg aus dem Wagen und hastete über den brennendheißen Asphalt auf das Krankenhaus zu. Das Gebäude war nicht bewacht und schien menschenleer. Hoover blieb unschlüssig in der Eingangshalle stehen. Dann hörte er aus Richtung des Flurs einen angstvollen Schrei.

Als er den Flur hinunterging, hörte er einen weiteren gequälten Schrei, diesmal lauter und länger anhaltend. Hoover stürmte durch die Schwingtüren der Station und spazierte mitten in die Szene aus dem Film.

Hoover stand mitten auf der großen, sterilen Station, in der es durchdringend nach Desinfektionsmitteln roch. Alles im Raum – Wände, Laken, Betten – waren in antiseptischem Krankenhausweiß gehalten. Alles in dem Raum war weiß – außer den Patienten. Schwarze, Indianer, und Latinos lagen reglos in ihren Betten, und ein Wust von Schläuchen und Kanülen schlängelten sich über die Laken bis zu den Armvenen der Kranken. Ihre Kiefer hingen kraftlos herab, so daß die geschwollenen Zungen in den offenen Mündern zu sehen waren. Viele der Patienten hatten entsetzliche Brandnarben, feuerrote Läsionen und schwärende vorstehende Wucherungen im Gesicht und an den Händen. Als eine Frau, die in einem der Betten lag, Hoover sah, brachte sie die Kraft auf, stöhnend die Hand nach ihm auszustrecken.

Max trat an ihr Bett und las das Krankenblatt, das am Fußende befestigt war. Er wandte sich zum Nebenbett und las auch dort die Krankenakte. Viele der medizinischen Begriffe waren ihm unbekannt, aber er verstand doch genug, um zu wissen, was mit diesen armen Menschen los war.

Coolidge betrat den Raum. »Hey Max«, sagte er. »Ich

habe den Wagen verschwinden lassen ...« Er verstummte und ließ den Blick um sich schweifen. »Was ist denn hier los.« Er sah von einem Bett zum anderen. »Was ist denn mit diesen Leuten passiert?«

»Sie haben alle Krebs«, entgegnete Hoover. Er ließ ein letztes Mal den Blick durch den Raum schweifen und kehrte dann dem übelkeiterregenden Anblick den Rücken. »Gehen wir, Ellery.«

Die Vordertür von Timms Haus war abgeschlossen, und das Anwesen wirkte unbewohnt. Es herrschte eine unheimliche Stille, und sie hielten es für keine gute Idee, sich mit einem Schuß Zutritt zu verschaffen – der Knall würde eine Meile weit zu hören sein, und Fitzgerald und den Captain mit einem ganzen Kontingent Soldaten auf den Plan rufen. Hoover wußte, daß er letztendlich gefaßt werden würde, aber er wollte den unausweichlichen Moment noch hinauszögern.

»Ellery«, sagte er eindringlich. »Ich möchte, daß du hierbleibst und die Vorderseite des Hauses sicherst.«

»Bist du okay, Max?« fragte Coolidge. »Bist du sicher, daß ich nicht mit reinkommen soll?«

»Ich bin okay. Kein Sorge«, entgegnete Hoover und verschwand um die Hausecke. General Timms lag, die Augen geschlossen, auf dem Balkon. Auf den ersten Blick schien er ganz normal zu schlafen, aber als Hoover näherkam, sah er, daß der General blasser war als bei ihrer letzten Begegnung, eingefallen, die Haut an seinen Wangen schlaff herabhängend. Er atmete schwer und stoßweise. Er ruhte nicht auf einem Liegestuhl, sondern in einem teuren elektrischen Krankenhausbett, und auf dem Tisch an seiner Seite türmten sich Medikamente neben einem Wasserkrug und einem Glas in einer sterilen Hülle.

Hoover senkte den Lauf der Pistole und richtete ihn auf Timms' Schläfe. Er spannte den Hahn mit einem lauten metallischen Klicken. Timms schlug die Augen auf und blickte teilnahmslos auf die Waffe, die auf seinen Kopf zielte, und auf seinen unerwarteten Besucher.

»Lieutenant Hoover«, sagte er mit einem dünnen, zaghaften Lächeln. »Ich dachte, Sie wollten sich heute nachmittag mit Colonel Fitzgerald treffen.«

Hoover nickte. »Das stimmt«, sagte er. »Später.«

Timms' ausgemergelter Körper wurde von einem quälenden Hustenanfall geschüttelt. Er legte eine Hand über den Mund und zeigte mit der anderen auf den Wasserkrug. Hoover riß die sterile Schutzhülle auf, schenkte etwas Wasser in das Glas und hielt es an Timms dünne, blasse Lippen. Hoover stützte den Kopf des älteren Mannes, damit das Wasser seine Kehle hinabrinnen konnte. Timms Haar war schütter und drahtig, die Haut trocken und pergamentartig. Das Wasser schien zu helfen und ihn ein wenig zu beleben, nachdem der Hustenanfall vorüber war.

»Danke«, keuchte der General, als er sich in die Kissen zurücksinken ließ.

»Was haben Sie?« fragte Hoover. »Was ist mit Ihnen los? Krebs?«

»Krebs«, bestätigte Timms nüchtern. Er verzerrte das Gesicht, als eine Welle des Schmerzes seinen kranken Körper durchströmte.

»Krebs ... in meinem Blut, in meinen Knochen und wie ich gerade erfahren habe, auch in meinem Gehirn ...« Er blickte blind auf Hoover. »Sie haben ein schwarzes Loch in der Mitte ihres Gesichts, Lieutenant.«

»Das ist mir neu«, entgegnete Hoover.

»Ich wette, Sie haben noch nie jemanden mit Krebs im Endstadium gesehen, stimmt's, Lieutenant?« Ganz so wie bei ihrer letzten Begegnung schien der General das Bedürfnis zu haben, ihn zu belehren.

»Sie irren sich, General«, entgegnete Hoover. »Ich habe viele Menschen mit Krebs im Endstadium gesehen. Ich habe manche gesehen, die schlimmer dran waren als Sie es sind. Genau genommen habe ich auf dem Weg hierher einen ganzen Raum voll mit Menschen gesehen, die an Krebs im Endstadium leiden.«

Timms lächelte, wie in Gedenken an eine alte, kostbare Erinnerung. »Hunderte sterben, damit Tausende weiterleben können.«

»Warten Sie«, sagte Hoover. »Diese Menschen in der Klinik, waren das Versuchskaninchen? Sie sind nicht zufällig erkrankt?«

»Betrachten Sie sie als Soldaten«, entgegnete Timms.

Jetzt wurde Max alles klar. »Für mich sahen sie nicht aus wie Soldaten. Ich wette, für Allison sahen sie auch nicht aus wie Soldaten ... Sie hat sie als das gesehen, was sie sind, arme Schwarze, Indianer und Mexikaner, Menschen, die bedeutende Männer wie Sie als wertlos betrachten.« Er lächelte und schüttelte müde den Kopf. »Allison hatte schon immer eine Schwäche für die Unterprivilegierten. Für Jimmy Fields, mich ...«

»Und mich«, sagte Timms.

»Reden Sie kein dummes Zeug.«

»Ich glaube, ich habe ihr in gewisser Weise leid getan ... Eine schöne, lebendige junge Frau wie sie und ein Mann wie ich? Klingt doch unwahrscheinlich, oder?«

»Hat sie von Ihrer Erkrankung gewußt, ist es das? Ich nehme an, Sie sind schon seit langer Zeit krank. So etwas passiert nicht über Nacht.«

Timms schüttelte den Kopf. »Bei der Strahlenmenge, die ich in meinem Leben abbekommen habe, Lieutenant, breitet der Krebs sich, wenn er erst ausgebrochen ist, rasendschnell aus.« Er schwieg eine Weile, ehe er fortfuhr. »Aber das habe ich nicht gemeint. Nein, ihr Mitleid war anderer Art. Aber es kommt auf dasselbe raus ... Diese Menschen werden sterben, und wenngleich ich in einem bequemeren Bett liege als sie, werde auch ich sterben.«

»Sie haben sich für dieses Experiment nicht freiwillig gemeldet«, sagte Hoover zornig. »Das System hat Sie gut versorgt, als sie noch gesund waren. Diese Menschen haben in ihrem ganzen Leben nie etwas geschenkt bekommen. Und auch Allison ist leer ausgegangen – und schließlich umgebracht worden.«

»Warum hätte ich sie umbringen sollen?« fragte Timms. »Sie hat mich so glücklich gemacht, wie ich es noch nie zuvor gewesen war. Ich denke in diesen Tagen kaum noch an etwas anderes als an die Zeit mit ihr. Ich bin sicher, daß Sie das verstehen. Sie war umwerfend! Stimm es nicht, Hoover?«

»Ja«, stimmte Hoover ihm zu. »Sie war etwas Besonderes.«

»Ihr Tod ... war ein Fehler.«

»Was meinen Sie damit?« fragte Hoover zornig. »Ein Fehler? Von einem Fehler können Sie sprechen, wenn Sie die Zahlen auf Ihrem Rechenschieber falsch addieren, General. Allisons Tod war kein Fehler.«

»Dann nennen wir es eine Fehleinschätzung«, gestand Timms ihm zu. »Eine übereifrige Reaktion auf eine scheinbare Bedrohung der nationalen Sicherheit.«

Hoover nickte. »Sie hat die Krebsstation gesehen. Und sie hat sie gefilmt.«

Timms schien seine schwachen Kraftreserven erschöpft zu haben. Er schloß die Augen, und seine Stimme wurde immer leiser, so, als drehe ich jemand die Lautstärke eines Radios herunter.

»Ein Rat, Lieutenant ... Lassen Sie es gut sein ...« Hoover dachte, der General wäre eingeschlafen, aber noch war es nicht soweit. »Die Welt ist ein gefährlicher Ort ...« Hoover musterte den General eine Weile, öffnete dann die Aktentasche, holte die Filmbüchse heraus und legte sie neben den Wasserkrug auf den Tisch.

Timms nahm immer noch wahr, was um ihn herum vorging. »Was ist das?«

Hoover öffnete die Büchse und zeigte Timms den Film, nicht sicher, ob er ihn sehen konnte. »Das ist der Film«, erklärte er, »der Film auf dem die Krebsstation zu sehen ist, und Sie und Allison.«

Timms lächelte und nickte. »Sie sind viel intelligenter, als Sie aussehen, wissen Sie. Das muß in Ihrem Beruf von großem Vorteil sein. In meinem Fach geben sich alle die größte Mühe, schlauer auszusehen als sie tatsächlich sind. Das kann in der Atomwissenschaft verhängnisvoll sein ...«

»Ich möchte gar nicht daran denken ...«

»Ist das nicht eine Ironie des Schicksals? Das, was ich geholfen habe zu erschaffen, bringt mich um. Sie haben die Bedeutung des ersten Teils des Films begriffen, nicht wahr? Wie haben Sie das angestellt?«

»Es war nur eine Vermutung«, entgegnete Hoover. »Ich konnte mir nicht vorstellen, daß Allison wegen etwas so Trivialem wie Sex ermordet worden sein sollte.«

Timms lächelte und sagte spöttisch: »Zumindest auf Regierungsebene trivial. Sex ist in einem Bereich wie diesem zu unbedeutend.«

Die Schiebetür zum Balkon wurde geöffnet, und Fitzgerald, der Captain und mehrere Soldaten traten ins Freie. Im Hintergrund sah Hoover weitere Soldaten, die Coolidge umringten und in Schach hielten.

»Was gibt es, Colonel Fitzgerald?« fragte Timms.

»Sir, sie haben sich unbefugt Zutritt verschafft«, verkündete Fitzgerald der Soldaten wegen. »Dieser Mann ist hier, um Ihnen etwas anzutun.«

Einer der Soldaten nahm Hoover die 45er aus der Hand.

»Aber sie haben mir den Film gebracht«, sagte Timms milde.

»Sie müssen entschuldigen, General«, sagte Fitzgerald. »Aber sie haben wissenschaftliche Bereiche der höchsten Geheimhaltungsstufe betreten. In einer Stunde findet ein weiterer Test statt.«

»Darüber bin ich mir durchaus im klaren, Colonel«, sagte Timms. »Würden Sie bitte dafür sorgen, daß die beiden Gentlemen nach Los Angeles zurückgebracht werden?«

Fitzgerald hatte sichtlich Mühe, seinen Zorn zu unterdrücken. »Bei allem Respekt, Sir, aber die Sicherheit dieser speziellem Einrichtung untersteht meiner ganz persönlichen Zuständigkeit. Ich fürchte, das kann ich nicht zulassen.«

General Timms legte alle Härte, die er aufbringen konnte in seine Stimme. »Colonel Fitzgerald, diese Männer sind nicht meine Feinde. Bringen Sie sie zurück.«

Fitzgerald zögerte, offenbar unsicher, ob er sich dem Befehl beugen oder widersetzen sollte. Schließlich ließ er die Schultern hängen und schien sich der größeren Autorität der zwei Sterne des Generals zu unterwerfen.

»Jawohl«, sagte er, die Filmdose an sich nehmend. Hoover beobachtete ihn sehr genau.

»Jawohl, *Sir*!« sagte Timms schroff.

Kapitel 23

Das Flugzeug, das sie zum Testgelände gebracht hatte, war nicht dasselbe wie das, das sie nach Los Angeles zurückfliegen sollte. Die erste Maschine war mit Regierungsinsignien versehen gewesen, während diese keinerlei Markierungen trug: kein Wappen, keine Insignien, kein Armeekennzeichen, keine FAA-Kennummer.

Daran erkannte Hoover, daß ihnen das Army-Äquivalent von Mulholland Falls zugedacht war. Er wandte sich Fitzgerald zu und musterte ihn eindringlich. »Ich schätze, wir bekommen unsere Dienstwaffen wohl nicht zurück.«

»Aber selbstverständlich«, entgegnete der Colonel. »Sobald wir in Los Angeles gelandet sind. Ich werde sie Ihnen persönlich aushändigen.«

»Persönlich?«

»Der Captain und ich haben dienstlich in Los Angeles zu tun«, entgegnete Fitzgerald gut gelaunt, als wären sie die besten Freunde, die gerade ein dummes Mißverständnis aus der Welt geräumt hatten. »Wir werden Sie begleiten, wenn Sie nichts dagegen haben.«

Hoover lächelte beinahe, ehrlich belustigt, von der Dreistigkeit des Colonels. »Es ist Ihr Flugzeug, Colonel«, sagte Hoover. »Nehmen Sie Platz, wo Sie wollen.«

»Danke, Lieutenant.« Die beiden Offiziere gingen an Bord und setzten sich. Der Pilot warf die Turbinen an. Das Flugzeug setzte sich in Bewegung und rollte langsam zum Ende der Startbahn. Die Maschine drehte sich in den Wind und schien einen Augenblick zu verharren, wie um sich für die Anstrengung des Starts zu stählen.

Die Motoren heulten auf, und das Flugzeug beschleunigte und hob sanft ab. Während das Flugzeug immer höher aufstieg, sank die Temperatur im Inneren der Kabine rasch ab, und bald wurde es unangenehm kalt – viel kälter als auf dem Flug von der Stadt in die Wüste. Coolidge sah sich suchend nach dem Ursprung der eisigen Luft um, und als er die Quelle entdeckte, klappte seine Kinnlade herunter.

»Max, das Flugzeug hat keine Tür.« Er blickte von dem Loch auf Hoover. »Warum ist da keine Tür?«

Hoover sah über die Schulter auf die Öffnung und wandte sich dann wieder Coolidge zu. »Das ist ganz einfach, Ellery, sie werden uns aus dem Flugzeug werfen. Ich habe dir doch gesagt, daß du besser nicht mitkommst.«

Ellery hatte sichtlich Mühe, Hoovers Worte zu begreifen. »Sie wollen uns aus dem Flugzeug werden?« fragte er fassungslos.

»Genau. So wie sie es bei Allison Pond gemacht haben.«

Die Worte schienen Ellery zu treffen wie eine rasche Folge von Schlägen. Er sackte in seinem Sitz zusammen wie ein geprügelter Hund und schüttelte den Kopf. Das Dröhnen der Motoren übertönte sein Flüstern, aber er sagte immer und immer wieder: *»Sie haben sie aus dem Flugzeug geworfen ...«*

Fitzgerald und sein Adjutant hatten inzwischen ihre Waffen gezogen und auf Hoover gerichtet. Es war offensichtlich, daß sie in Ellery Coolidge keine große Bedrohung sahen. Erst wollten sie sich Hoovers entledigen und sich dann in aller Ruhe seines Kollegen annehmen.

»Sie haben uns den falschen Film gebracht, Lieutenant Hoover.« Colonel Fitzgerald machte doch tatsächlich ein enttäuschtes Gesicht. »Sie hätten eigentlich wissen müssen, daß ich mich nicht für einen Schulungsfilm der Polizei über Tripper interessieren würde. Der General schon eher. Er hatte ein ungewöhnlich starkes Interesse an Sex, aber er schien nie an die Risiken zu denken ... So ähnlich wie Sie, Hoover. Und wie die Frau. Es ist schon erstaunlich, wozu Sex mit dem richtigen Flittchen auch die vernünftigsten, verantwortungsbewußtesten Männer treiben kann. Und sich dann noch dabei filmen zu lassen ...«

Hoover wußte, daß Fitzgerald versuchte, ihn zu einem tätlichen Angriff zu provozieren, so daß er die zwei Morde vor sich und der Welt rechtfertigen konnte. Aber Hoover schluckte den Köder nicht.

»Sie haben sich nicht an die Regeln gehalten«, fuhr Fitzgerald fort. »Sie sollten uns alles, was Sie haben übergeben, im Austausch gegen die Filme, die sich in unserem Besitz befinden. So lautete die Abmachung.«

»Das ist mir bewußt, Colonel«, entgegnete Hoover. »Aber sehen Sie, es gibt da ein Problem. Eins, das Sie nicht einkalkuliert haben.«

»Und was sollte das sein?«

»Sie haben den Film zu mir nach Hause geschickt.«

Fitzgerald zuckte die Achseln. »Wir mußten Ihnen doch klar machen, daß wir es ernst meinen, Hoover. Wüßten Sie einen besseren Weg? Es wurden noch keine Kopien an die Zeitungen oder an das Los Angeles Police Department ...«

Hoover spürte, wie er langsam die Beherrschung verlor, und schnitt Fitzgerald das Wort ab. »Sie haben den Film zu mir nach Hause geschickt, Colonel. Sie haben ihn an meine Frau adressiert ... und sie hat ihn sich angesehen.«

Fitzgerald wollte etwas erwidern, aber Hoover hob abwehrend eine Hand. »Das Problem ist, daß es mir egal ist, wer den Film jetzt noch zu sehen bekommt. Verstehen Sie, was ich meine? Ich habe nichts mehr zu verlieren.«

Das Flugzeug ging in Schräglage und neigte sich langsam auf die Seite, bis die Wüste vor dem Fenster erschien.

Der Captain erhob sich und stützte sich mit einer Hand an der niedrigen Decke der Flugzeugkabine ab.

Coolidge schien sich ein wenig von seinem Schock erholt zu haben. Er blickte vom Captain zu Fitzgerald und zur Türöffnung.

»Sagen Sie, Fitzgerald, weiß Timms, was Sie vorhaben?«

»Der General ist schwer krank«, entgegnete Fitzgerald abschätzig,. »Er bedarf umfangreicher medizinischer Pflege.«

»Wer hat entschieden, Allison aus dem Flugzeug zu werfen?«

Fitzgerald verzog spöttisch das Gesicht. »Wenn etwas Derartiges geschehen wäre, wäre der General hiervon ganz sicher nicht unterrichtet worden.«

»Timms hätte eine solche Maßnahme nicht angeordnet?«

»Selbstverständlich nicht.«

»Dann waren Sie es also? Sie haben beschlossen, sie aus dem Weg zu räumen«, sagte Hoover.

»Richtig ... Und wenn er sie nicht retten konnte, wird er auch Sie nicht retten können ... Hier oben kann niemand eingreifen.« Fitzgerald lächelte. »Der gute General Timms wird in dem Glauben sterben, daß Sie noch leben und in Los Angeles zum Wohle der Gesellschaft Dienst tun.«

»Es freut mich, daß er glücklich sterben wird«, sagte Hoover. »Aber ich möchte die Wahrheit über Allison wissen.«

Zorn hatte sich in Coolidge angestaut, erst unterschwellig, aber jetzt fühlte er sich, als würde er jeden Augenblick explodieren. Er blickte von Fitzgerald auf die Türöffnung. Den Bruchteil einer Sekunde stellte er sich Allisons entsetzliche letzten Sekunden vor, ihren grauenhaften Tod, für den diese beiden Männer verantwortlich zeichneten.

»Sie haben sie aus dem Flugzeug geworfen!« sagte Coolidge.

Wut schwang in seiner Stimme mit. Der Captain und Fitzgerald hatten ihn bislang nicht weiter beachtet; jetzt richteten sie ihre Waffen auf ihn. Coolidge warf Max einen Blick zu und wandte sich dann wieder den beiden Offizieren zu.

»Sie haben sie aus dem Flugzeug geworfen!« brüllte er.

Coolidge schoß urplötzlich aus seinem Sitz und warf sich mit seiner massigen Gestalt auf den Captain. Zwei Schüsse ertönten. Beide Kugeln trafen Coolidge, vermochten ihn jedoch nicht zu stoppen, und er prallte gegen die zwei Männer wie ein Bulldozer. Ellery Coolidge brüllte, während seine Pranken sich um den Hals des Captains legten und ihn schüttelten, daß sein Kopf immer wieder gegen den Stahlboden des Flugzeugs krachte. Coolidges Augen waren glasig vor rasender Wut, und es schien als wäre er in einer Art Trance. Ohne nachzudenken, bleckte er die Zähne und grub sie in die fleischige Wange des Captains. Dessen Schmerzensschreie vermischten sich mit Coolidges bärenhaftem Knurren.

In dem Augenblick, da sein Partner aufgesprungen war, hatte Hoover sich auf Fitzgerald gestürzt, seinen Arm gepackt und die Hand mit der Waffe hochgerissen. Die großkalibrige Pistole feuerte sechsmal, und die Kugeln durchschlugen den Stahlmantel der Maschine. Fitzgerald krallte die Finger in Hoovers Gesicht, und seine Nägel hinterließen blutige Striemen auf seiner Haut.

Das Flugzeug geriet ins Trudeln, und die vier Männer stolperten übereinander und stürzten. Fitzgerald ließ die Pistole fallen, die klappernd über den Stahlboden rutschte.

Coolidge richtete sich brüllend auf, wie ein Profiringer hob er den Captain über seinen Kopf, katapultierte ihn gegen die Decke und schleuderte ihn dann zu Boden, wobei der Captain unsanft auf seinem rechten Arm landete. Das Knacken des zerbrechenden Knochens war so laut wie ein Gewehrschuß.

Ellery ließ sich auf den sich vor Schmerzen windenden Mann fallen, packte dessen Kopf und schmetterte ihn gegen jeden harten Gegenstand, den er finden konnte. Das Gesicht des Offiziers verwandelte sich rasch in eine matschige Masse aus Blut, Fleisch und Knochenfragmenten. Möglicherweise war er bereits tot, bevor Coolidge ihn durch die offene Tür warf.

Ellery Coolidges Bärenkräfte ließen abrupt nach, und er sank an der Bordwand des Flugzeugs entlang zu Boden. Seine Augen waren glasig, und er atmete schnell und flach. Sein Gesicht war bleich und fleckig wie altes Elfenbein.

Hoover und Fitzgerald waren sich kräftemäßig ebenbürtiger, aber Hoover profitierte von seiner Wut. Er hieb Fitzgerald wieder und wieder die Faust ins Gesicht, ohne den Schmerz der aufplatzenden Haut und splitternden Knochen an seiner rechten Hand zu spüren. Ein letzter Schlag, und Fitzgerald ging zu Boden. Während er fiel, stürzte Hoover sich auf die .45er und zielte auf Fitzgeralds Kopf.

»Sie haben ganz recht, Colonel«, sagte Hoover. »Hier oben kann niemand eingreifen. Sie sind ein toter Mann.«

Fitzgerald sah ihn aus blutverschmierten Augen an und sagte mit geplatzten, blutigen Lippen: »Sie sind erbärmlich, Hoover. Sie lassen sich bei Ihrer Arbeit von Emotionen leiten.« Er schlug sich auf die Brust und hinterließ blutige Abdrücke auf seiner tadellosen Uniform. »Ich, ich habe meine Arbeit getan. Sie ist gestorben, weil sie sich uns in den Weg gestellt hat.«

»Sie ist wegen nichts gestorben!« Hoover warf die Pistole beiseite und packte Fitzgerald bei den Aufschlägen seines Uniformrocks. Einen kurzen Augenblick lang sah Hoover Todesangst in den Augen des Colonels, dann war Fitzgerald verschwunden und trudelte durch die Luft.

Hoover stolperte von der Türöffnung weg und ließ sich neben Coolidge zu Boden gleiten. Ellery brachte ein dünnes Lächeln zustande.

Das Flugzeug ging in starke Schräglage, und Hoover und Coolidge überschlugen sich in einem Gewirr von Armen und Beinen.

»Was soll das, zum Teufel?« schrie Hoover. Er blickte in Richtung des Cockpits und sah, daß die Tür von einer Handvoll Kugeln durchlöchert worden war. Hoover rappelte sich hoch und riß die Tür zum Cockpit auf. Der Pilot war über dem Steuer zusammengebrochen, und ein großer roter Fleck breitete sich auf der Rückseite seines Hemdes aus.

Hoover packte den Piloten bei der Schulter und preßte ihn in seinen Sitz zurück, wobei er das Steuer mit sich zog, so daß die Nase der DC-3 abrupt wieder hochgerissen wurde. Coolidge hatte es inzwischen ebenfalls bis ins Cockpit geschafft.

»Ist er tot?«

Der Pilot stöhnte, und seine Augenlider flatterten. »Nein«, sagte Hoover. »Er lebt noch.« Max ohrfeigte den Piloten mehrmals. »Hey, aufwachen! Wir brauchen Sie, um dieses Flugzeug heil zu landen!«

Coolidges Tobsuchtsanfall schien nun völlig verflogen. »Es ist in Ordnung«, brüllte er dem Piloten ins Ohr. »Sie sind okay.«

Der Pilot schlug die Augen auf und blickte sich benommen um. »Wo sind wir?«

Hoover sah aus dem Fenster. »In den Bergen.« Der

Mann holte tief Luft und zuckte gleich darauf zusammen. Aber die Schmerzen schienen sein umnebeltes Hirn zu klären. Er blickte durch die Windschutzscheibe und prüfte einige der größeren Instrumente.

»Okay. Legen Sie meine Hände um den Steuerknüppel und halten Sie sie dort fest«, ordnete der Pilot an. Er verringerte die Geschwindigkeit, und die Maschine flog sofort merklich ruhiger.

»Er ist okay!« rief Coolidge. »Wir schaffen es, Max!«

Das Flugzeug hielt sich mehrere Minuten lang ruhig. Hoover atmete erleichtert aus und gestattete sich, ein klein wenig zu entspannen. Als er sich jedoch auf den Sitz des Co-Piloten fallen ließ, verdrehte der Pilot plötzlich die Augen und sackte zur Seite.

»Jesus!« rief Hoover. »Nicht ohnmächtig werden! Wachen Sie auf!«

Coolidges aggressivere Seite kam gleich wieder zum Vorschein. Er ohrfeigte den Piloten kräftig. »Wach auf, oder ich bringe dich um.«

»Wir müssen die Maschine jetzt gleich landen«, sagte Hoover. »Der Kerl ist tot, bevor wir den nächsten Flughafen erreicht haben.

»Können Sie das Flugzeug landen?« fragte Coolidge.

»Ich weiß nicht«, entgegnete der Pilot, der wieder zu sich gekommen war. »Gibt es irgendwo da unten ebenes Gelände?«

Hoover drückte sich ans Fenster und studierte das Terrain. Aus dieser Höhe war schwer zu bestimmen, was ebenes Gelände war und was nicht. Wenn sie eine Bruchlandung hinlegten, würden Sie vielleicht doch noch sterben. Hoover wählte auf gut Glück einen Wüstenabschnitt aus und betete, daß er eben war.

»Ja«, sagte er. »Gleich vor uns, hinter dem Bergkamm.«

Das Flugzeug verlor erschreckend schnell an Höhe. Auch schien es, als würden sie immer langsamer. Aber weder Coolidge noch Hoover bemerkten etwas davon, da beide Männer vollauf mit anderen Dingen beschäftigt waren.

»Was ist mit dem Fahrgestell?« rief Hoover. »Müssen wir nicht das Fahrgestell ausfahren?«

»Nicht nötig.«

Coolidge schüttelte den Piloten grob, »Was heißt das, das ist nicht nötig? Willst du uns umbringen, du Hurensohn?«

»Nein, nein«, entgegnete der Pilot. »Ohne ist es sicherer.«

Coolidge trat kalter Schweiß auf die Stirn.»Was soll das heißen? Sogar ich weiß, daß man ein Flugzeug ohne Fahrgestell nicht landen kann!«

»Wir machen eine Bauchlandung«, erklärte der Pilot. »Keine Angst. Ich mache das nicht zum erstenmal. Es wird schon gutgehen.«

Das Flugzeug verlor weiter an Höhe, und die Wüste war immer deutlicher zu erkennen. Die Spannung im Cockpit stieg sprunghaft an wie Quecksilber in einem Thermometer an einem heißen Tag. Der Pilot legte zwei Schalter um, und einen Augenblick war die Luft von Kerosingeruch erfüllt, ehe dieser vom Flugwind weggeweht wurde.

»Was zum Teufel war das?« brüllte Coolidge.

»Ich habe die Tanks geleert«, erklärte der Pilot.

»Du hast *was*?«

»Damit die Maschine beim Aufsetzen nicht explodiert ... Wie hoch ist unsere Fluggeschwindigkeit?« Der Pilot blinzelte und versuchte, sich auf die ausschlagenden Nadeln der Instrumente auf der Schalttafel zu konzentrieren. »Ich kann nicht klar sehen.«

»Wo ist denn die Anzeige?« Hoover ließ den Blick über die Instrumente gleiten. »Ist es das hier? Da steht hundertfünfzig ... hundertvierzig ... hundertzwanzig ... hundert ... neunzig ...«

»Okay«, keuchte der Pilot. »Das reicht.« Die Vorderseite seines Hemdes war blutdurchtränkt, saugte, nachdem der Stoff auf der Rückseite keinen Tropfen Flüssigkeit mehr aufnehmen konnte, wie Löschpapier das Blut auf, das unaufhaltsam aus der Rückenwunde quoll.

»Halten Sie sich fest«, sagte der Pilot mit pfeifendem Atem. »Wir schaffen es.« Seine Augen schlossen sich, und seine Züge erschlafften abrupt.

Der Boden raste ihnen entgegen, und dann gab es einen gewaltigen Ruck, als der Rumpf der Maschine auf die Erde prallte. Das Flugzeug pflügte durch den Sand, wie der Bug eines Motorbootes Wasser durchschnitt. Das Kreischen von Metall auf Stein war so ohrenbetäubend, daß es jedes andere Geräusch übertönte. Die Luft im Cockpit füllte sich mit dem beißenden, scharfen Geruch durchschmorender Kabel, als es in der Schalttafel zu Kurzschlüssen kam. Die Spitzen eines der verbogenen Propeller traf auf Felsen, und die Maschine schleuderte scharf nach rechts.

Dann senkte sich Stille herab. Im ersten Augenblick konnte Hoover sich nicht rühren, wußte nicht, ob er tot oder lebendig war. Er warf in Gedanken eine Münze, und das Ergebnis lautete: »lebendig«.

»Ellery«, rief er leise. »Das war's. Wir sind unten.« Hoover rappelte sich aus seinem Sitz hoch und wandte sich dem Piloten zu. Es war kein Puls mehr spürbar, und Hoover fühlte einen Stich des Bedauerns.

Coolidge mußte sich schwer auf Hoover stützen, als sie durch den zerborstenen Flugzeugrumpf ins Freie kletterten. Sie schleppten sich auf zittrigen Beinen, soweit sie konnten, und sanken dann kraftlos zu Boden.

Coolidge lächelte Hoover an, einen benommenen Ausdruck in den Augen, seine Stimme seltsam beherrscht und unbeschwert. »Bist du okay, Max?«

»Sicher, sicher, Ellery. Was ist mit dir?«

Ellery erschauerte. »Alles in Ordnung. Ich friere nur ein wenig, das ist alles.«

Hoover lachte und ließ sich auf den sengendheißen Sand zurücksinken. »Ellery, wie kannst du frieren? Wir sind mitten in der Wüste.«

Ellery Coolidge lächelte schief. »Ja. Komisch, was?« Er überlegte einen Augenblick. »Weißt du, Max, ich denke, ich bleibe einfach hier sitzen und denke eine Weile darüber nach.« Das Lächeln erlosch wie auf Knopfdruck.

»Ellery? Ellery?« Hoover schob sich seitwärts über den Boden wie eine Sandkrabbe. »Alles in Ordnung?«

In Coolidges Augen lag ein abwesender Ausdruck, und er versuchte sein Bestes, zu lächeln. Hoover bewegte sich zu ihm, öffnete sein Jackett und stellte fest, daß Coolidges gewöhnlich blütenweißes Hemd von dunklem Blut durchtränkt war. Coolidge blickte interessiert aber nicht sonderlich besorgt auf sein eigenes Blut.

»Hey, Max, ich wurde angeschossen«, sagte er. Er sank seitlich in den Sand, die Augen geöffnet. »Max, das wird meiner Psychiaterin nicht gefallen ... Weißt du, als es über mich gekommen ist, habe ich mich richtig gut gefühlt ... es war wie in alten Zeiten, so wie früher.«

»Ellery, sprich bitte nicht, das strengt dich zu sehr an.«

»Ich möchte aber gern reden, Max«, entgegnete Coolidge, aber seine Stimme wurde immer träger und tiefer wie bei einer Schallplatte, bei der die Geschwindigkeit nachließ. »Es tut gut, es rauszulassen ... Max?« Coolidge seufzte traurig. »Sag mir die Wahrheit ... stimmt etwas nicht mit mir? Ich meine, bin ich krank im Kopf?«

»Ellery«, sagte Hoover, dessen Kehle plötzlich ganz trokken war. »Was immer du auch bist, du bist der Beste darin. Der Beste ...«

Er wußte, daß Ellery nicht mehr lange zu leben hatte. Als der massige Cop zu Max aufblickte, sah Hoover, das der ihm bevorstehende Tod seine Augen bereits glasig hatte werden lassen.

»Hey ... ist das dein Ernst?«

»Ja«, entgegnete Hoover heiser. »Wir sind Partner, richtig? Partner belügen einander nicht.«

Coolidge lächelte und nickte. Mit einem entspannten, zufriedenen Ausdruck auf dem Gesicht starb er; ein bemerkenswert friedliches Ende für einen Mann, der die meiste Zeit seines Lebens von rasendem Zorn erfüllt gewesen war. Hoover war seit seiner Kindheit nicht mehr in Tränen ausgebrochen, aber jetzt vermochte er das Schluchzen nicht zu unterdrücken. Er hatte im Laufe der Jahre viele Menschen sterben sehen, und viele dieser Tode hatten ihn traurig gemacht und deprimiert. Aber keiner hatte ihn so berührt wie dieser. Für einen Augenblick verschwand der harte, abgestumpfte Max Hoover, fiel die Fassade des abgebrühten Cops in sich zusammen.

Hoover ließ den Kopf auf die blutige Brust seines toten Freundes sinken und weinte um sie beide ...

Plötzlich zuckte am Horizont ein grelles Licht auf. Ein Lichtstrahl, der so hell war, daß er den Tag über der Wüste in Nacht verwandelte, schoß in den Himmel. Eine pilzförmige Wolke stieg vom Wüstenboden auf. Während Hoover Coolidges leblosen Körper umklammert hielt, fegten Wind und Staub über sie hinweg, als wollten sie sie zerreißen.

Nachwort

Das Los Angeles Police Department richtete ein wirklich würdiges Begräbnis für Ellery Coolidge aus. Es gab eine Ehrengarde, Dudelsackbläser, einen schönen Bronzesarg (nicht der teuerste, aber respektabel, von der Detectives Benevolent Association bezahlt), eine Flagge, die darüber gebreitet war wie Frühstücksspeck auf einem Speck-Salat-und-Tomate-Sandwich, und zahlreiche Trauergäste.

Es war das zweite Polizistenbegräbnis innerhalb von zehn Tagen, aber das hielt die Hunderte von Mitarbeitern des Departments, ganz zu schweigen von den vielen Restaurant- und Barbesitzern, nicht davon ab, Sergeant Ellery Coolidge die letzte Ehre zu erweisen. Tatsächlich kamen zu Coolidges Beerdigung mehr Trauernde als zu dem Begräbnis des armen, schwerfälligen Earl in der Woche davor – wenn beide Beerdigungen auch einiges gemeinsam hatten. Natürlich war der Chief anwesend, dazu der Bürgermeister und die meisten Mitglieder des Stadtrates. Earl und Ellery bekamen den gleichen Sarg und mehr oder weniger die gleiche Grabrede (engagierter Polizeibeamter, furchtlos im Angesicht der Gefahr, dem Dienst an der Öffentlichkeit verschrieben, gab sein Leben, ohne zu zögern und so weiter und so weiter).

Coolidge war einmal Katholik gewesen (wenn er auch schon lange nicht mehr praktiziert hatte), und das Requiem am Grab dauerte ein wenig länger als bei protestantischen Beerdigungen. Als der Pfarrer am Ende der Zeremonie angelangt war, hatte der Bürgermeister schon ein Bein in seiner Limousine, und der Chief hatte zwei- oder dreimal öfter als streng genommen zulässig auf die Uhr gesehen.

Hoover war das egal. Das langatmige Zeremoniell gab Hoover reichlich Zeit, über die Grube hinweg seine zukünftige Ex-Frau zu beobachten. Er betrachtete Katherine mit tiefempfundener Liebe im Herzen, die er jedoch zu verbergen verstand.

Sie hatten nicht mehr miteinander gesprochen seit jenem Morgen, da er vor einigen Tagen nach Nevada aufgebrochen war. Er hatte eigentlich nicht einmal erwartet, daß sie zu Coolidges Begräbnis kommen würde – nicht weil sie seinen alten Kollegen nicht gemocht oder respektiert hätte, sondern weil er erwartet hätte, daß sie dem Ehemann nicht würde begegnen wollen, der sie so mies hintergangen hatte. Max war stolz auf sie, daß sie trotz allem gekommen war, um einem Mann, von dem sie wußte, daß er als guter Mensch umgeben vom Bösen gelebt und gearbeitet hatte, ihren Respekt zu zollen.

Schließlich beendete der Pfarrer seine Grabrede, alle Platitüden waren gesagt worden, die Dudelsackbläser hatten »Amazing Grace« gespielt, die Trompeter »Taps« geblasen, die Ehrengarde des LAPD ihren Salut in den Sommerhimmel gefeuert, und die Landesfahne war zu einem ordentlichen Dreieck gefaltet und Coolidges in Tränen aufgelöster, schäbig gekleideter Mutter überreicht worden ...

Dann traten Hoover, Hall und Relyea aus der versammelten Trauergemeinde vor. Die drei Männer sagten kein Wort und weinten auch nicht, sondern blickten nur still auf den Sarg. Hoover legte Ellery Coolidges Filzhut wie einen Orden auf den Sargdeckel. Die drei Männer standen am Rand der Grube und sahen zu, wie ihr Kollege und Freund langsam hinabgelassen wurde.

Die drei Männer nahmen nicht an den weiteren Trauerfeierlichkeiten teil, sondern gingen zu ihrem Wagen zurück und teilten einige Minuten des Schweigens, in denen sie rauchten, die Menschen um Ellerys Grab herum betrachteten und den letzten Worten des Priesters lauschten. Als die Trauergemeinde sich aufzulösen begann, ließ Hoover suchend den Blick über die Menge schweifen, bis er jemand Bestimmtes entdeckte. Er entfernte sich von seinen Partnern, holte Katharine ein und ging neben ihr her.

»Ich habe gehört, daß eure Einheit aufgelöst wurde«, sagte Katherine.

»Das stimmt«, entgegnete Hoover nickend. »Ohne Ellery gibt es keine Einheit mehr.«

»Was wirst du jetzt tun?«

Er lächelte dünn. »Ach ... ich weiß es nicht ... ich weiß es wirklich nicht, Kay.«

Sie gingen zwischen den Grabsteinen her und schwiegen eine Weile. Dann blieb sie stehen und wandte sich ihm zu.

»Sag, hast du je daran gedacht, mich ihretwegen zu verlassen?«

Hoover zögerte nicht mit seiner Antwort. »Nein ... Kay, nein.«

»Warum hast du die Affäre beendet?«

Seine Antwort kam aus tiefstem Herzen. »Kate, ich liebe dich. Ich habe dich immer geliebt. Und ich wollte nicht, daß das zwischen uns steht. Als ich erkannte,was für einen Fehler ich gemacht hatte, wollte ich, daß auch das nicht mehr zwischen uns stand.« Er zuckte die Achseln und machte ein trauriges Gesicht. »Aber es ist da, steht zwischen uns. Und ich schätze, so wird es immer sein ...«

»Es wird nie wieder so sein wie vorher, Max.«

»Ja, ich weiß ...«

»Max, ich liebe dich. Verstehst du, ich habe nur ein einziges Mal in meinem Leben mein Herz verschenkt, und zwar an dich. Daran wird sich nie etwas ändern.«

Max Hoover sah ihr in die Augen. »Kay? Willst du damit sagen, daß du mich zurücknimmst?«

»Nur, wenn du mir etwas versprichst ...«

Hoover ahnte, worum es sich handelte., »Ich verspreche es, Kay. Es wird nie wieder geschehen.«

Katherine lächelte. »Das weiß ich bereits, Max. Ich möchte, daß du mir versprichst, daß du nicht wieder betrunken nach Hause kommst und die Blumen zertrampelst.«

Sie schlang ihm die Arme um den Hals und küßte ihn zärtlich. Dann hakte sie ihn energisch unter, und gemeinsam verließen sie den Friedhof.

Ein paar Wochen später sollte Coolidges Grab ein teurer Grabstein zieren, für den Max Hoover, Eddie Hall und Arthur Relyea aufkamen; ein erlesenes Stück aus New Hampshire-Granit, aber in Hoovers Augen war die Rettung seiner Ehe mit Katherine das eigentliche Denkmal für Ellery Coolidge.

Band 12398

Erika Holzer

Eye for an Eye
Auge um Auge

Freispruch für den Mörder ihrer Tochter – was würden Sie tun, wenn Recht und Gesetz versagen?

Karen Newman muß am Telefon miterleben, wie ihre Tochter Sarah, die in einem abgelegenen Haus lebt, von einer Horde maskierter Jugendlicher überfallen, vergewaltigt und ermordet wird. Die einer New Yorker Streetgang angehörenden Täter werden schnell ermittelt, doch zu Karens Entsetzen für ihre scheußliche Tat nicht zur Rechenschaft gezogen. Aufgrund ihres Alters setzt sie der Richter auf freien Fuß…
Als Karen das vernimmt, zerbricht in ihr der Glaube an alles Gute in der Welt. Und plötzlich verfolgt sie nur noch das eine Ziel: das Verbrechen an ihrer Tochter selbst zu rächen… Auge um Auge…

BASTEI
LÜBBE